저자 최재홍

배려가 세상을 바꾼다 1

험한 세상에 가슴으로 전하는 메시지

도서출판
청어

배려가 세상을 바꾼다 1 [개정판]

최재홍 지음

발행처 도서출판 청어
발행인 이영철
영업 이동호
홍보 천성래
기획 육재섭
편집 이설빈
디자인 이수빈 | 김영은
제작이사 공병한
인쇄 두리터

등록 1999년 5월 3일
 (제321-3210000251001999000063호)

1판 1쇄 발행 2024년 11월 30일

주소 서울특별시 서초구 남부순환로 364길 8-15 동일빌딩 2층
대표전화 02-586-0477
팩시밀리 0303-0942-0478
홈페이지 www.chungeobook.com
E-mail ppi20@hanmail.net

ISBN 979-11-6855-301-9(03810)

배려가 세상을 바꾼다 1

– 험한 세상에 가슴으로 전하는 메시지

저자 최재홍

개정판을 내면서

책이 세상에 선을 보인 지 정확히 4년, 1쇄, 2쇄를 거쳐 이제 개정판으로 새로이 출간을 앞두고 있습니다.

무명의 설움을 온몸으로 겪으며 혼자서 발로 뛴 4년여의 세월이 헛되지 않은 것 같아 다행입니다.

제 이야기를 공감해 주시고 지지해 주신 독자분들의 고마움을 무어라 인사드려야 할지 그 말이 감히 떠오르지 않습니다만 우선 마음이나마 전해 드립니다.

세상에 할 이야기가 있습니다.

제가 아니면 아무도 못 할 거라는 건방진 생각을 했습니다. 그래서 육십을 넘어 칠십을 바라보는 이 나이에 용기를 내어 그 이야기를 하는 겁니다.

거짓이 온통 세상을 지배하고 있습니다. 착하고 정직한 사람은 바보이고 무능력한 사람입니다. 배려가 손해가 되고 선의로한 행동이 잘못한 것으로 왜곡이 되어 돌아옵니다.

제 이야기가 틀리다고 생각하시면 반박해 주십시오. 저도 제 생각이 틀렸으면 좋겠습니다.

세상이 더 이상 이렇게 흘러가서는 안 됩니다. 이제는 바로잡아야 합니다. 정직함이 존경의 대상이 되고 배려가 아름다움으로 남아야 합니다.

다른 사람이 해줄 수 없습니다. 바로 내가 해야 합니다. 내가 하면 됩니다. 내가 실천하고 우리가 함께 할 때 세상이 아름답게 바뀌는 겁니다.

대한민국은 이제 선진국입니다. 선진국이면 선진의식의 국민이 있어야 합니다.

국민이 주인인 민주주의 국가에 선진의식의 국민이 있으면 그 나라는 선진국 맞습니다.

썩어빠진 정치는 갈수록 퇴보하고 있습니다만, 그들은 그들끼리 놀도록 놔둡시다.

자식이 철이 들어서 부모를 깨우치는 가정도 많습니다.

나를 사랑합시다. 나를 사랑하는 마음으로 주변을 둘러봅시다. 그래서 더불어 행복한 세상을 살아봅시다.

그 아름다운 세상을 후손에게 물려주는 꿈 한번 꾸어봅시다.

차례

세상 사는 이야기

내 삶의 현주소

오래전 이야기

소시민이 바라는 작은 소망

세상 사는 이야기

기수역(汽水域)

  '하구언'이라고도 하며, '민물과 바닷물이 함께 섞여 여러 종류의 생물이 공존하는 곳'이면서, 바다와 민물을 오가는 물고기들이 큰 바다로 나가기 위해 잠시 머무르며 적응기를 거치는 곳이기도 하다.

  그렇게 잠시 머무르기도 하지만, 영원히 바다로 나가지 못하고 그곳에서 일생을 다 하는 물고기도 많다. 우리 인간으로 말하면 청소년기쯤이 이 기수역에 해당한다.

  이 시기가 큰물에서 놀 수 있는지 그 여부가 가려지는 때이다. 어렵고 험난한, 말 그대로 '질풍노도'의 시기를 슬기롭게 잘 보내면, 보다 더욱 순탄하게 큰 바다를 만날 수 있을 거라 믿는다.

  하지만 사람은 그런 청소년기를 지났어도, 한두 번은 더 그런 적응의 기간을 만나게 돼 있다. 실패했을 때가 그때다. 실패해서 좌절하고 괴로워할 때, 그때가 진정 큰물로 나아갈 기회인데, 그것을 잘 모르는 사람들이 많은 것 같아 안타깝다.

실패를 거울로 삼아 다시 한번 자기 잘못을 곱씹고 곱씹어서, 다시는 반복하지 않겠다는 다짐으로 새롭게 시작할 수 있다면, 결국 그것이 큰 성공의 디딤돌이 된다는 걸, 건방지게도 경험으로 조금은 안다.

나이와 무관하다고는 말 못 하겠다. 하지만 나이의 많고 적음에 따라 할 수 있는 저마다의 역량이 있는 법이다. 그것을 좀 더 심사숙고한다면 분명 지금보다는 훨씬 밝은 세상, 더욱 큰 세상을 만날 수 있을 것이다.

별 어려움 없이 순탄하게 세상을 사는 게 잘사는 거라는 사실은 누구나 안다지만, 한 번쯤 실패를 경험해 본 사람이 현실에 적응하고 이겨나가는 힘이, 그렇지 않은 사람보다 훨씬 더 강하다는 사실은 경험해 보지 않으면 알 수 없는 일이다.

94세에 타개한 일본의 한 기업가는 가난한 것, 허약한 것, 못 배운 것이 자기 평생의 세 가지 은혜라고 했다는데, 상당히 공감 가는 말이다. 가난했기 때문에 열심히 일해야만 했고, 허약했기 때문에 건강을 위해 노력했고, 못 배웠기에 평생 공부하며 살았다는 것이다. 그는 이를 한 문장으로 압축해서 말했다.

"결핍만큼 좋은 동기 부여는 없다."

그분은 그 말이 제대로 들어맞는 삶을 사신 것 같다.

실패는 괴로운 일이다. 그것을 즐길 수 있다면 도인의 경지일 것이나 현실에서는 견디기 힘든 일이다. 인생을 진지하게 산 사람이라면 더욱더 그럴 것이다.

지금 실패로 아파하는 사람 있다면 꼭 말해 주고 싶다.

실컷 괴로워하라. 후회하고 또 후회하면서 때로는 소리 내어 울어라. 주변 사람들이 싸늘하게 변한다면, 그것은 그들에게 진정으로 고마워해야 할 일이다. 그래야만 실패의 참맛을 알 것이고, 그래야만 꼭 다시 일어서고자 하는 오기가 생긴다.

'오기'는 나를 일으킬 수 있는 힘이다. 인생에 세 가지 기 '오기 · 끈기 · 독기'가 있어야 한다. 실패했을 때 필요한 건 '오기'이다. 오기가 있어야만 독기와 끈기로 무장하고 다시 한번 도전할 수 있다.

인생은 선택의 연속이다. 지금 이 시간 어떤 이유에서든 선택의 기로에 서 있다면, 당신은 아마 인생의 기수역쯤에 와 있는 것일 거다.

대해로 나갈 것인지, 그냥 그곳에 머물 것인지 그 선택은 전적으로 당신의 몫이지만, 한 가지 분명한 것은, 그것을 진지하게 고민하고 또한 스스로 결정했다면 당신은 분명 옳은 선택을 한 것이다.

　그것은 분명 당신이 큰물에 나갈 준비가 되어 있고, 그럴 자격이 충분하다는 것을 말해 주기 때문이다.

긍정의 힘으로

글을 쓰기 시작하면서 좋은 글, 감동을 주는 글을 써야 한다는 부담을 안고 있어서 그런지 글쓰기가 생각보다 많이 힘들다. 내가 겪은 세상이나 평소 마음속에 간직하던 생각, 아니면 간접으로나마 경험한 이야기를 써야겠는데, 여러 가지로 식견이 부족하다 보니 상당히 어렵다. 그렇다고 없는 얘기를 지어내서 쓸 재주는 더더욱 없으니 말이다.

누구보다 정직하게, 때로는 양보하면서, 때론 알고도 속으면서 남에게 피해 주지 않고 살아왔다고 자부하지만, 정작 배려하고 봉사하는 삶은 아니었다는 사실이 가슴 아프다. 그랬더라면 보다 좋은 얘기를 많이 할 수 있었을 텐데.

배려는 몰라도 봉사라는 건 능력이 있어야만 한다는 걸 최근에 와서야 알았다. 재능이 없으면 물질이라도 있어야 가능하다는 사실이다. 물론 변명이지만 젊었을 때 그런 것들을 축적하지 못한 나 스스로가 야속하다. 하지만 지금부터라도 그럴 수 있는 기회는 분명히 올 거라고 믿는다.

긍정이란 "있는 그대로를 바라보고 수긍하는 것"이라는데, 마냥 좋게만 바라보는 낙관하고는 아주 다른 개념이라는 것을 알았지만, 긍정이든 낙관이든, 어쨌든 세상을 좋게 바라보고 희망을 가지고 사는 게 내 나름의 살아가는 방식이다.

언제부터인지 모르겠지만 그러려고 열심히 노력한 건 사실이다. 그것이 세상을 비관적으로 보고 걱정부터 먼저 하는 삶보다는 훨씬 편하다는 걸, 어느 순간 깨달은 것 같다.

'포세이돈 어드벤처'라는 영화를 고등학교 졸업할 무렵인가? 본 적 있는데, 그 영화가 너무 감동적이라 아직도 기억하고 있는 장면을 잠깐 떠올려 본다. 영화제목 그대로 포세이돈 호의 침몰과 그 과정의 모험을 그린 영화이다. 사십 년이 훌쩍 넘은 영화라 기억이 정확하진 않겠지만, 무엇보다 실제 일어난 사실이라는 것이 아직도 가슴에 남아 있다.

영화의 주인공인 스콧 목사(진 핵크만 분)는 괴짜 목사이다. 목사이면서 항상 "예수를 믿지말라"라고 설파한다. 누구에게라도 의지하지 말고(설사 그 대상이 예수님이라고 하더라도) 자신의 삶은 스스로 개척하며 살라는 의미일 것이다.

하지만 이런 설교를 좋아할 리 없는 대부분의 사람에게서 썩 좋지 않은 평을 듣게 되고, 그러다 보니 따르는 사람도 별로 없다.

그러던 중 커다란 해저 지진을 만나 배가 전복되는 사고를 당하게 된다. 달도 없는 한밤중에 사고가 나니 수백 명의 승객이 우왕좌왕했다. 그때 스콧 목사가 나서서 선체 상단으로 올라갈 것을 주장하지만, 대부분의 사람은 그를 불신한 나머지 그대로 남아 있고, 열 명 남짓한 소수의 사람만 그를 따른다.

그를 따르지 않던 수많은 사람은, 그 후 배가 갑자기 더 기울어지는 바람에 전부 물에 빠져 몰살당한다. 그 와중에 배는 점점 더 가라앉아 이제는 물이 들지 않은 공간, 숨을 쉴 수 있는 공간이 갈수록 좁아진다.

목사 일행도 몇 번의 죽을 고비를 넘기며 마지막 남은 출구에 다다랐을 때, 출구 쪽으로 통하는 증기 밸브가 열려 주변이 온통 열기로 가득 찼다. 누군가 그 밸브를 잠가야만 했는데⋯ 사실 밸브를 잠그는 일은 죽음과 직결되는 일이다. 발을 디딜 공간이 없어 몸을 던져야 하는 상황이었다. 그 순간 스콧 목사가 주저 없이 뛰어들어 힘들게 밸브를 잠그고 본인은 떨어져 죽는다.

덕분에 나머지 사람들은 무사히 탈출해 목숨을 구한다.

마지막에 울려 퍼지는 영화의 주제가 'The morning after'의 여운과 함께 상당한 명작으로 내 기억에 남아있다. 무엇보다 아직도 잊지 못하는 장면은, 본인이 죽을 수밖에 없다는 사실을 충분히 알면서 주저 없이 뛰어든 용기 그리고 죽음에 직면한 채 힘에 부쳐 밸브를 다 잠글 수 없는 지경에서 울부짖는 그의 외침이다.

"주여, 이래도 저희를 버리겠나이까?"

본인이 최선을 다하고 정말 힘에 부칠 때 신을 찾는 것, 이것이 진정한 믿음이 아닐까? 라는 게 내 생각이다. 종교를 모르는 건방진 소리라고 욕할지는 모르겠지만, 그것이 진정한 종교이고 긍정의 힘이라는 생각은 아직도 변함이 없다.

세상은 바라보는 사람의 시각에 따라 다르게 보인다. 아름답게 보면 희망이 보일 것이고, 추하게 보면 절망이 보인다.

어차피 한 번 사는 인생인데, 좀 더 아름답게 세상을 볼 수 있는 시각을 가진다면, 절망보다는 희망, 고통보다는 환희가 가득한 세상이 되지 않겠는가?

꿈이란?

어젯밤 꾸었던 꿈도 꿈이고 내가 앞으로 나아가고픈 꿈도 꿈이다. 간밤에 꾸었던 꿈으로 인해 내가 살아가고 싶은 미래를 상상하기도 한다. 과거도 되고 미래도 되는 게 꿈이다.

꿈은 아름답다. 현실에는 가지지 못한 미지의 세계이고, 지금의 고통과는 대치되는 것이기 때문이다.

사람은 꿈이 있어야 한다. 꿈을 꾸는 사람은 행복하다. 한 치 앞을 못 보는 세상에 현실은 힘들고 고통스럽지만, 꿈이 있기에 현실을 버틸 수 있다. 꿈이 있기에 희망을 이야기할 수 있는 것이다.

꿈이 없는 삶은 의미를 잃은 삶이나 다름없다. 현실이 고통만 있는 건 아니겠지만, 더 나은 내일을 바라보며 하루를 살아가는 게 인생이다. 내일도 모레도, 일 년 후의, 십 년 후의 오늘이 똑같다면 상상만 해도 고통이다.

오늘보다 나은 내일을 위해 지금부터라도 꿈을 꾸어야 한다. 그러다 보면 언젠가는 그 꿈을 이루기 위해 노력하고 있는 자신이 자랑스러워지는 날이 온다.

스스로가 대견하고 자랑스럽게 느껴진다면, 그것만으로도 충분히 성공을 보장받은 것이나 다름없다.

꿈은 인간에게만 주어진 축복이다. 여타 동물과 다른 점도 그것이고 AI가 아무리 진보해도 꿈을 꾸지는 못한다. 그래서 '인간은 만물의 영장'인 것이다.

"생생하게 꿈을 꾸면 이루어진다."

이 말은 당연한 말이다. 사람은 자기가 이룰 수 있는 만큼만 꿈꾼다. 자기가 모르는 세계는 꿈을 꿀 수가 없다. 이룰 수 있는 최대치가 꿈인 것이다. 결국은 어떤 꿈을 꾸고 그 꿈을 실현하기 위해 얼마나 노력하느냐에 따라 결과가 달라지겠지만 말이다.

AI가 인간의 한계를 넘어선 지 오래됐다지만, 어쩌면 영원히 넘어서지 못할 수 있는 기능이라면, '모른다'는 사실을 알아내는 기능이라고 한다. 인간은 1초 안에 알 수 있는 일을, 엄청나게 많은 분량의 데이터를 종합하고서야 겨우 알아낼 수 있다고 한다.

그만큼 인간의 뇌는 대단하다(?). 아는 것은 정확하지 않을 수도 있고 긴가민가할 수도 있겠지만, 확실하게 모른다는 사실은 정말 빨리 인식한다.

모른다는 사실을 빨리 알 수 있는 기능만큼 불가능한 일인가를 판단할 수 있는 기능이 뛰어나기 때문에, 가능한 만큼의 꿈을 꿀 수밖에 없단다. 이 논리가 약간은 어폐가 있는 말일지는 몰라도…

'꿈'과 '희망'을 혼돈해선 안 된다. 희망은 "그렇게 되었으면"하는 바람이기에 되면 좋고 안 돼도 어쩔 수 없는 것이라 할 수 있겠지만, 꿈은 그것을 실현하기 위해서 온갖 노력을 다하는 행동이 수반되어야 한다. 따라서 간절함이 결여되었다면 아무것도 아닌 그냥 '망상'이 될 수밖에 없는 것이 꿈이다. 그렇다고 꿈에 집착할 필요는 없다. 안되면 또 다른 꿈을 꾸면 그만이다.

하지만 이룰 수 없는 꿈을 계속 꾸면서 그 꿈이 자주 바뀐다면, 자신의 잘못이 무엇인지 곰곰이 생각해 볼 필요는 있다.

글을 쓰고 책을 내서 공감하는 독자들과 대화하고 소통하며 세상에 긍정의 메시지를 전달하고 싶은 게 꿈이다.

언젠가 '남들보다 잘하는 게 있을까?' 고민한 적이 있는데, 문득 글 쓰기가 생각났다. 이야기를 잘 만들어 쓸 재주는 분명 없지만, 살아온 진솔한 얘기를 글로 풀 자신은 있었다. 그 얘기로 지금 어려움에 처해 있는 사람들에게 조금이나마 위로가 되고, 더불어 희망의 메시지를 전달할 수 있다면, 내 살아온 가치가 있겠다고 판단했기 때문이다.

오늘은 일이 없어 쉬는 날. 덕분에 류현진의 야구를 볼 수 있어 좋다. 역경을 이겨내고 머나먼 타국에서 고군분투하며 국위를 선양하고 있는 류현진이 정말 고맙다. 내 아들과 동갑이라 더욱 정겨운 것 또한 사실이다. 그의 성공을 보며 아들의 성공도 함께 빌어본다.

과욕이 화를 부른다 · 1

몇 해 전 울산에 있는 유명한 사찰에서 잠깐 기거한 적이 있었다. 이름만 대면 울산 사람들뿐만 아니라 외지 사람들도 잘 알 정도로 유명한 절이다. 수년 전에는 ○○파 조폭들의 은신처가 되기도 했고, 그 때문에 폭력조직 간의 패싸움이 일어나기도 했다는 소문이다.

워낙 유명한 절이다 보니 오가는 사람들이 많다. 신자뿐만 아니라 일반인들도 많이 온다.

그러다 보니 절에 돈이 많다. 한 번이라도 가본 사람들을 알겠지만, 절에는 헌금을 하는 '불전함'이 있는데, 그 불전함을 방문객이 다 끊어진 오후가 되면 개봉하는데 그 액수가 상당하다. 은행에서만 봐왔던 돈 세는 기계가 절에도 있는 사실이 놀라울 따름이다.

그래서인진 몰라도 서로 간의 불신이 상당하다. 주지 스님과

업무종사자 간, 또한 종사자 상호 간 서로를 못 믿고 견제하는 모습이 역력하다.

세상 어디보다 깨끗해야 할 사찰에서 이럴진대, 일반사회에서 어떻지는 더 이상 말할 필요조차 없지 않을까?

'견물생심(見物生心)' 돈을 보면 욕심이 생기는 것은 인간의 본능일 수밖에 없을 것이고, 또한 인간이기에 욕심 없이 살 수는 없는 일이겠지만, 나의 것과 남의 것을 구분 못 한다면 그것은 죄악이다.

욕심이 없다면 생물이 아니다. 살고자 하는 생각 그 자체가 욕심이기 때문이다. 더 잘 살고자 하는 욕심, 그것으로 인간은 성장한다. 인간의 성장 동력이 욕심인 셈이다. 욕심 없다는 사람을 간혹 보는데, 또 그렇게 살아왔다고 자부하는 사람도 있겠지만, 그렇다면 그것은 욕심이 적은 것이다.

비교하고 싶은 생각은 없지만, 일본의 소프트뱅크 회장 손정의 씨는 19세에 인생 설계를 하면서, 60세에 기업을 물려준다는 계획을 했단다. 내 친구 중, 자수성가해서 기업가로 큰 성공을 거둔 어떤 이도 "이제 은퇴해서 쉬고 싶다" 말하는데, 같은 연배이면서도 나와는 너무 다른 삶을 살고 있는 것 같다. 내가 어리석은지, 그분들이 앞서가는 것인지 조금은 아리송하다.

필자는 한평생을 생각 없이 살다가 60살이 넘으면서 뭔가를 해야겠다는 의지가 생겼다. 태어난 이유와 존재의 의미를 떠올리며, 세상에 뭔가를 기여해야겠다는 욕심도 가득하다.

워낙 생각 없이 살다 보니 머리가 많이 비어 있다. 그래서 채울 공간이 많다는 느낌이다. 그러기에 몸도 마음도 가볍다. 그래서 움직임이 자유롭고, 그래서 충분히 그 무엇을 할 수 있을 것 같다.

하지만 그런 일련의 생각들이, 또다시 현실을 직시하지 못하는 망상이 아닌가를 스스로 반문 또 반문해 본다. 문제는 항상 과할 때 생긴다. '과유불급(過猶不及)', 과한 것이 모자람만 못하다는데, 그런 사실을 모르는 사람이 많지는 않겠지만, 세상 살아가면서 그렇게 살기가 쉽지 않다는 것 또한 모두가 알 수 있는 사실이다. 항상 부족하다고 생각하면서 자기의 모자란 부분을 채우려 하고. 그러다가 심지어 남의 것을 탐하기도 한다.

적당한 욕심이 나쁠 리야 없겠지만, 과욕은 나를 상하게 하고 가까운 주변을 힘들게 한다는 걸 명심해서, 조그만 것에서라도 만족할 줄 아는 너그러움을 잃지 않는다면, 행복은 언제나 당신 곁에 머물 것이다.

나를 위해 살아야 한다

"세상에 태어날 땐 나 혼자만 울고 다른 사람들은 모두 웃지만, 죽을 땐 남들 모두 울고 있을 때 나 혼자 웃을 수 있어야 한다."

어디선가 들은 말인데 상당히 의미 있는 말로 다가온다.

인생은 어차피 혼자이다. 부모님에 의해 태어나고 가까운 가족들과 더불어 살아가는 것 같지만, 사실은 혼자일 수밖에 없다.

어릴 때는 주변 사람 모두가 나를 위해 존재하는 것 같지만, 커가면서 그것이 아니라는 사실을 알게 된다. 그렇게 정체성의 혼란을 겪으면서 한층 성장하기도 하는 게 인생인데, 그 혼돈의 시기를 잘 극복하지 못하는 사람도 물론 있다. 그렇게 혼자라는 사실을 잘 인지하고 극복해 나가는 게, 어쩌면 사람들이 흔히들 얘기하는 '철 들었다'는 말인지 모르겠다.

나를 사랑해야 한다. 나를 사랑하지 않는 사람이 남을 사랑한다는 건 있을 수 없는 일이다. 나를 사랑해야만 다른 사람의 인생도 중요하다는 걸 알 수 있고, 그런 사람들이 모여서 더불어 살아가는 가치를 실현할 수 있는 일이고, 그런 사람들로 인하여 세상이 밝아지는 것이다.

나를 사랑한다는 건 결국 자신의 자존감, 자긍심을 높이는 일이다. 그래야만 보다 적극적이고 주체적인 인생을 살 수 있는 것이고, 그것이 결국 세상을 보다 큰 안목에서 바라보게 하는 일이기도 하다.

유튜브에서 본 어느 철학자의 강연 내용 중 잊기 힘든 한 구절이 생각난다.

"관료가 부도덕에 빠지지 않으려고 애쓴다면 결국에는 뇌물을 받을 수도 있겠지만, 스스로 당당한 자존감이 있다면 절대로 뇌물 같은 건 받지 않을 것이다."

무엇보다 공감이 가는 말이다.

아들이 늦은 나이에 공군 학사장교로 군대에 가게 됐는데, 그때 적어 가야 하는 설문조사 같은 게 있었다. 거기에 '세상에서 제일 존경하는 인물'을 적어야 하는데, 내 이름(아버지)을 적겠다는 것이다. 그때 정말 큰 충격을 받았다.

녀석도 벌써 인생 25년을 넘게 살았고, 공부도 제법 했기에 존경하는 스승도 많을 거고, 책에서 본 유명한 인물들도 많을 건데, 보잘것없는 나를 존경하는 인물로 꼽다니… 가진 것 아무 것도 없고, 그래서 해 줄 수 있는 것도 없고, 자기 엄마와도 헤어진 초라한 아비를…

그때는 사실 그런 생각들을 다 하진 못했지만, 시간이 지날수록 되새겨 보게 되었다.

그 이후부터 인생을 보다 다른 관점으로 보게 되었다. 세상이 나를 보는 시각과는 무관하게 나 자신을 바라보는 안목이 생겼고, 인생을 살아야 하는 이유가 더 확실해졌다. 그 무엇보다 인생을 잘못 살지 않았다는 가슴 뿌듯한 자부심이 충만해졌고, 그것은 내 목숨 다할 때까지 간직될 것이다.

세상을 남을 위해 사는 것 같은 사람들이 있다. 내 자식을 위해, 주변을 위해 희생하며 봉사하며 사는 사람들… 우리의 부모님들이 그리 사셨고, 가까운 이웃에도 그런 분들이 계신다.

부모님들의 자식에 대한 희생은 가족이니까 차치하더라도, TV 등에서 간혹 보게 되는 선행을 하시는 분들의 행동은 과연 남을 위해 한 일들일까?

그분들에게 물어보면 하나같이 이렇게 답한다. "내가 즐거워서 한다." 내가 즐거우니까 나의 기쁨을 위해, 나를 위해 그렇게 희생하고 봉사한다. 그것이 결국 남에게는 선행이 되는 것이다.

자식이 기대에 못 미치고 불효한다고 섭섭해하시는 부모 세대가 간혹 계시는데, 그렇다면 그것은 혹시 나의 욕심 때문은 아닐까? 내가 너무 큰 기대를 했던 게 아닌가? 하는 생각을 해 봐야 한다. 자식을 키우면서 무엇을 바라고 키운 건 아닌지 말이다.

한 번 사는 인생이다. 나를 위해 살아야 한다. 나를 위해 사는 인생이 주변 또한 위할 수 있다. 내가 건강하고 내가 즐거우면 누가 행복하겠는가. 우선 내가 행복하겠지만 가까운 가족과 주변이 행복해진다.

행복도 전염된다. 나로 인하여 주변에 행복을 전염시킨다면, 온 세상이 행복해지는 날도 머잖아 오지 않겠는가.

친구 · 1

아련한 옛 추억으로 떠올리기만 해도 기분이 좋아지는 얼굴, 생사조차 알 수 없어 안타까운 이름들…

사실 인생은 친구로부터 시작된다고 해도 과언이 아니다. 태어나기는 분명 부모님에 의하여 태어났지만, 시작은 친구로부터 시작되는 게 맞는 것 같다. 어떤 형태로든지 친구를 알고 사귀기 시작하면서, 나의 존재를 알게 되고, 자아가 형성되어간다. 그렇게 인간관계가 맺어지고 사회생활이 시작되는 것이다.

어쩌면 친구도 출생처럼 운명으로 결정될 수도 있겠지만, 자기의 의지에 따라 바꿀 수도 있는 게 친구이기도 하다. 옛말에 "부모 팔아 친구 산다"라는 말이 있는데, 나이가 들수록 그 말의 깊은 뜻을 알아간다.

어쩌면 낳아주신 부모보다 내 인생을 송두리째 바꿔버릴 수 있는 게 친구이다. 그러니까 좋은 친구는 지구 끝까지라도 찾아가서 만나야 하겠지만, 그 반대의 경우라면 지금이라도 과감히 멀리할 수 있어야 한다.

아주 어릴 때야 잘 모르겠지만, 이 책을 읽는 독자라면 충분히 이해할 수 있으리라 믿는다.

지금부터 나열하는 글들이 정답일 수야 없겠지만, 인생 60년을 넘게 살면서 터득한 체험담이니까, 그냥 참고삼아 읽어도 손해 볼 일은 없을 거라 생각된다.

앞에서도 얘기했지만 바꿀 수도 있는 게 친구이니까, 지금부터 친구 사귀는 법에 관해서 얘기해 보고자 한다. 좋은 친구 사귀는 법을 말하면 좋겠지만, 우선 나쁜 친구 구별하는 법을 말해 본다. 좋은 친구는 그 반대의 경우를 생각하면 된다.

첫째, 돌아서서 남의 험담을 하는 친구. 물론 아주 상식적이면서 누구나 들어본 얘기겠지만, 이런 친구는 조심해야 한다. 분명 돌아서서 내 욕을 할 사람이다. 그런 사람이 주변에 많다 보면, 나는 본의 아니게 나쁜 사람이 되어 있을 수도 있다.

둘째, 부추기는 친구. 좋은 일이건 나쁜 일이건 부추기는 친구가 있다. 자기는 용기가 없어 못 하면서 상대를 은근히 부추긴다. 아주 비열한 사람의 전형인데, 그렇게 부추김을 당해서 행동하다 보면, 좋은 결과는 자기가 챙기고 나쁜 건 내 몫이 되어 있는 경우가 많다. 이것은 일반 사회생활에서도 꼭 참조해야만 할 사항이다.

셋째, 내 어려움을 외면하는 친구. 일부러 어려움에 부닥칠 필요는 없겠지만, 어려운 부탁을 해 보라. 그리고 그 사람이 처한 현실과 내 경우를 냉정히 생각해 보라. 입장이 바뀌었다면 분명 도와줄 거라는 확신이 드는 부탁을 해도 외면한다면, 의절해야 마땅한 사람이다. 어려울 때 친구가 진짜 친구라는데 말이다.

이상 간단하게 몇 가지 예를 들어 봤는데, 다분히 상식적인 것도 있고, 필자의 주관이 개입된 것도 있기에, 판단은 각자가 알아서 하면 될 것이다. 내 친구의 좋고 나쁨에 따라 장차 나의 위치가 완전히 달라질 수도 있다는 걸 명심해서, 지금 나의 주변을 다시 한번 돌아보고, 나쁜 친구는 하루빨리 멀리할 수 있는 용기를 가진다면, 먼 훗날의 내 인생은 분명 향기 나는 아름다운 모습으로 변해 있을 거라고 확신한다.

나쁜 친구를 구별하는 것도 중요하고, 좋은 친구를 사귈 줄 아는 것도 필요하지만, 그 무엇보다 '나는 과연 좋은 사람인가?' 하는 의문을 가져야만 한다.

약속을 목숨처럼 생각하고 신의를 지키며, 좋은 일은 앞장서 축하해 주고, 괴롭고 슬픈 일에는 제일 먼저 달려가야 한다. 그랬을 때 진정한 친구가 가려지는 건 별로 어렵지 않겠지만, 말처럼 그리 쉽지는 않은 게 사실이다.

세상을 살다 보면 좋은 친구도 있고 그렇지 않은 친구도 있다. 그런데 한 가지 재미있는 사실은, 좋은 친구 주변에는 내가 좋은 사람이 되어 있고, 그렇지 않은 경우에는 그 반대가 되어 있다. 나는 나 그대로인데 말이다.

그만큼 친구가 중요하다. 그로 인해서 '나 아닌 나'가 될 수도 있는 게 친구이다.

친구를 오래 사귀고 나면 친구가 거울처럼 다가온다. 친구의 표정이 밝아 보이면 내가 기뻐진다. 내가 괴로운 얼굴을 하고 있으면 친구가 먼저 알고 물어 온다.

"무슨 일 있냐?"

주식형제천개유(酒食兄弟千個有)

급난지붕일개무(急難之朋一個無)

술 마시는 형제는 천 명이 되지만,

어려울 때 친구는 한 명이 없더라.

――번영은 친구를 만들고 역경은 친구를 시험한다.

행복이란?

사람들은 항상 행복을 꿈꾸며 살아간다. 행복을 목표로 살아가는 것 같기도 하다. 그렇지만 먼 곳에 보이는 아지랑이처럼 잡으래야 잡을 수 없으면서 다가가면 멀어지는, 아주 추상적인 것처럼 생각하는 것 같다.

하지만 행복은 나와는 멀리 있을 수 없다. 아주 가까이 있는 것을 인식하지 못하고 있을 뿐이다.

행복은 주관적이다. 스스로 느끼는 감정이지 남이 인정하는 것은 아니기 때문이다.

행복은 현재형이다. 지금 이 순간이 행복해야 내일 또한 행복할 수 있는데, 미래의 행복을 위해 불행한 현재를 살아간다면, 진정한 의미의 행복이 아니다.

미래의 더 나은 삶을 위하여, 고통스럽게 살아가고 있는 현재가 행복하다면, 그것이 진정한 행복이 아닐까?

흔히들 불행은 남과의 비교에서부터 비롯된다는데, 공감하는 말이다. 수많은 사람과 뒤섞여 살면서, 다른 사람과의 비교에 초연할 수는 없겠지만, 비교로부터 불행한 마음이 싹틀 수밖에 없는 게 사실이다.

비교로부터 행복해질 일은 거의 없다. 물론 나보다 못한 사람과의 비교로 짧은 순간 행복감을 느낄 수 있을 진 몰라도, 오랫동안 행복할 순 없는 일이다. 나보다 못한 사람, 잘난 사람이 공존하는 게 세상이다. 그것으로 행복감을 느낀다면, 세상에는 나보다 잘난 사람이 훨씬 더 많다는 걸 알게 될 것이다.

대한민국 속담에 "사촌이 땅을 사면 배가 아프다"라는 말이 있다. 다른 나라에도 이런 속담이 있을지 모르겠지만, 이런 속담 하나가 우리나라 사람들의 정서를 여과 없이 잘 대변해 주고 있다고 생각한다.

인간인 이상, 내가 가지지 못했거나 가질 수 없는 것을 남이 가졌을 때 느껴지는 '상대적 박탈감'은 누구나 다 있을 수 있는 감정이겠지만, 우리나라가 유독 심하다. 우리나라 사람들의 행복 지수가 다른 나라에 비해 아주 낮은 수준이라는데, 이런 우리네 정서와 무관하지 않을 것이다.

물론 조금 과장된 표현이겠지만, 내가 잘되고 못되고는 차치하고서라도, 남이 잘되는 꼴을 못 보겠다는 심보인데, '남의 행복은 나의 불행, 남의 불행은 나의 행복'인 셈이다.

서두에도 언급했지만, 행복은 주관적인데 그런 마음으론 행복은 꿈도 꾸지 못할 일이다. 정신과나 내과 의사는 일이 많아 즐거울 수도 있겠지만 말이다.

십여 년 전 한꺼번에 찾아온 어려운 일들 때문에 많이 힘들었다. '왜 나만?' 하는 생각을 하며 고통스러워한 적이 있다. '주변의 다른 사람들은 다 잘살고 있는데, 왜 나만 이렇게 어려움을 겪어야만 하는가?' 생각하니 괴로움이 더욱 심해져 갔다.

그렇게 고통 속에 괴로워하다 흐르는 세월과 함께 괴로움은 사라져갔지만, 남과의 비교가 없었더라면 좀 더 빨리 그 아픔이 치유되지 않았을까.

대부분의 일이 그렇겠지만 행복도 연습이다.

열심히 연습하다 보면 가능해진다는 걸 필자는 조금 알 것 같다.

우선 남과의 비교를 줄이고, 자신 내면에 있는 자신감을 끄집어내는 훈련을 해야 한다. 내 인생인데 남과의 비교로 자신을 깎아내린다면 정말 슬픈 일이다.

'나는 나'이다. 세상에서 유일한 '나'이기 때문에 세상이 나로 인하여 돌아간다는 생각을 가져야 한다. 조금 황당한 얘기로 들릴 수 있겠지만, 가만히 생각해 보면 틀린 얘기는 아니라는 걸 알게 되리라 믿는다.

나 없는 세상을 상상해 보라. 사실 아무런 의미가 없는 일이다. 내가 있기에 세상이 있는 것이다. 내가 있기에 세상과 소통하고 세상 또한 나와 더불어 존재하는 것이다.

살아 있다는 자체가 그래서 행복하고, 그래서 눈물 나도록 고마운 일이다.

○

견물생심(見物生心)

세상을 살면서 영원히 지울 수 없는 부끄러운 기억이 하나 있다. 은행 창구에 돈 10만 원을 입금한 적이 있는데, 나오면서 확인해 보니 100만 원이 찍혀 있는 것이다. 몇 번을 다시 봐도 일백만 원이었다.

그 순간 다시 돌아가지 못하고 그냥 나와버렸다. 혹시나 모르고 지나갈 수도 있다고 생각했었던 것 같다.

그날 오후에 전화를 받고서야 되돌아가서 정정했었는데, 그때 그 창구 직원의 얼굴을 차마 바로 볼 수가 없었던 기억이다.

큰 욕심 내지 않으며 부끄럽지 않게 살아왔다고 생각했었는데, 그 좋지 않은 기억이 새록새록 살아나 나를 다시 한번 되돌아보게 한다.

돈 앞에 얼마나 당당했으며 얼마나 정직했는지 말이다.

세상에 많은 돈이 있지만, 용도에 따라 대략 세 종류의 돈이 있는 것 같다.

'내 돈, 남의 돈, 공금.'

우선 '내 돈'이란, 내 돈을 내 마음대로 쓰는 것. 그것은 큰 문제가 될 일은 아니다. 나쁜 일이나 좋지 않은 일에 쓰지만 않으면 말이다.

'공금'은 말 그대로 공공의 이익을 위해 쓰여야 하는 돈이다. 내 물건과 공공의 물건을 생각해 보면 이해하기 쉬울지 모르겠다.

대부분의 사람은 내 물건은 아끼면서 공공의 물건에는 그렇지 않은 것 같다. 공공의 물건을 내 물건처럼 소중히 다룬다면, 더욱 많은 사람이 좀 더 편하게 사용할 수 있는 일인데…

또 다른 한편으론, 공공의 물건이 좋아 보인다고 나 혼자만의 목적으로 사용하는 경우도 있을 것이다. 공금도 마찬가지이다. 전체의 이익을 외면한 채, 사용하는 사람 자신의 사리사욕만 챙긴다면 커다란 문제가 되지 않을 수 없다.

그런 것은 결국 범죄행위인데, 우리 사회는 아직도 그런 일을 아무렇지 않게 생각하는 경우가 곳곳에 남아 있는 것 같다. 내 돈 일억 원은 자유롭게 써도, 공금 일 원 쓰는 것은 무섭게 생각해야 하지 않을까, 하는 바람이다.

공금을 사용할 수 있는 자리, 그 자리가 권력인 이상, 어쩌면 영원히 풀지 못하는 숙제일 수도 있겠다는 생각이다.

그다음은 '남의 돈' 이야기다. 우리가 돈을 얘기하면서 간과해서는 안 되는 명확한 진실이 하나 있다.

내 돈이 원래는 다 남의 돈이었다는 사실이다. 아버지 것일 수도 있고, 사장의 것일 수도 있고, 국가의 것일 수도 있겠지만 그전엔 분명 나 아닌 남의 돈이다. 그 남의 돈을 내가 가져와 쓰는 것이다.

열심히 땀 흘리기도 하고, 심혈을 기울여 아이디어를 생산해 내기도 하며, 간혹 좋지 않은 범죄를 동원해 가면서 말이다. 물론 정당한 방법으로 획득한 돈은, 내 손에 들어온 순간부터 내 돈인 것은 분명하다.

이처럼 지금은 풍요롭든, 부족하든 내 마음대로 쓸 수 있는 내 돈이, 원래는 다 남의 돈이라는 생각으로 세상을 산다면, 좀 더 큰 안목으로 세상을 볼 수 있지 않을까 하는 생각이다.

돈을 보고 욕심이 나지 않은 사람이 어디 있겠는가? 절박한 사람의 입장에서는 더더욱 그렇겠지만 말이다. 돈이 사람을 따라와야지 사람이 돈을 따라가면 안 된다고 하는데, 현실은 그 반대가 되는 경우이다.

그래도 하나만은 명심해야 한다. 돈이 목적이 되어서는 안 된다. 돈은 수단일 뿐이다. 살아가는 수단, 보다 큰일을 하기 위한 수단… 돈이 목적이 되면 그 순간부터는 돈의 노예가 될 수밖에 없고, 돈 앞에 비굴하고 추해진다.

비굴하고 추하게 사는 것보단, 없더라도 당당한 편이 나은 건 알겠는데…

장마가 막 시작되는 모양이다. 예보와는 달리 이르게 아침부터 비가 온다. 덕분에 고단한 몸 쉬면서 하루를 정리할 수 있어 다행이다.

비가 오면 꼼짝 못 하는 우리 집 강아지가 걱정이지만, 그래도 변치 않고 꼬리치며 반겨주기에 외롭지 않은 오늘이다.

멘토(Mentor)란?

'멘토'의 사전적 정의는 다음과 같다.

"경험과 지식을 바탕으로 다른 사람을 지도하고 조언해 주는 사람."

좀 더 확대해석하면 인생의 지침이 될 만한 스승이라고 생각한다. 주변에 그런 스승이 있다면 인생의 반은 성공한 셈이다. 세상을 살다 보면 언제 어디서든 힘들고 괴로운 일을 만나게 마련이다. 그때 약간의 조언이나 도움은 인생을 완전히 바꿀 수도 있는 고마운 일이 된다. 물론 최종 선택은 내가 하고 결정도 내가 하겠지만 말이다.

그런 스승을 만난 것도 행운이지만, 그런 멘토를 간직하고 있다는 것만으로도 충분히 성공할 수 있는 가능성을 지닌 셈이다.

차제에 내 인생의 멘토는 있는지, 있다면 누구인지 한 번쯤 생각해 볼 필요가 있다. 그런 사람이 가까이에 있다면 더할 나

위 없이 좋겠지만, 그렇지 못하면 스스로 찾아봐야 한다.

설혹 그 사람이 현실에 존재하지 않는 역사 속 인물일지라도, 내 인생의 지침이 될 만한 사람이면, 그 사람을 멘토로 삼아 그의 삶에서 내 인생을 배우려 노력해야 한다. 그러다 보면 어느 순간 그분과의 교류가 가능할 거라 생각한다. 가령 '이런 경우 그분이라면 어떻게 대처했을까? 이때는 어떤 선택을 했을까?' 계속 반복 생각하다 보면, 어느새 많이 가까워진 멘토와의 거리를 느낄 수 있을 것이다. 그만큼 당신이 발전했기 때문이다.

약간은 다른 이야기일 수도 있겠지만, 현재의 우리 사회에는 스승이 너무 없다. 스승이 있어야 사회를 보다 나은 방향으로 이끌어 갈 것인데, 소위 사회지도층이라는 인사들은 자기 안위만 걱정하지 국가의 장래나 사회의 평안과 불안에는 별 관심 없는 것 같다. 소신은 없고 굴신만 있다. 여기저기서 시대에 맞지 않은 '용비어천가(龍飛御天歌)'만 들릴 뿐이다.

그래서 이 시대는 일부의 지도자가 이끌어 갈 수는 없는 시대이다. 스승이 없는 것도 문제지만 스승이 제 역할을 못 하는 시대이기 때문이다(무엇이 세상을 이렇게 타락하게 했는지 조금은 알 것 같지만, 지금 거론할 필요는 없을 것 같다).

좀 더 생각해 보면 멘토는 무수히 많다. 가까운 가족도 있고,

친구, 심지어 자의식 속의 나 자신도 멘토가 될 수 있다. 사람이 아닌 동·식물도 있다.

절대 배신하지 않는 반려동물에게서 의리를 배우고, 아낌없이 주는 나무 한 그루에서 존재와 기여의 가치를 배운다. 내가 배워서 깨우침을 얻을 수 있다면 그것이 나의 멘토이다.

결국 멘토는 나 자신에게 있다. 뭔가를 배우고 깨우치고자 하면 널리고 널린 게 멘토이지만, 그렇지 않으면 있어도 무용지물일 수밖에 없는 게 멘토이다.

문득 이런 말들이 생각난다.

"눈길 아무렇게나 밟지 마라.

그 발자국이 뒷사람에게는 길이 된다."

"나로 인하여 단 한 사람이라도 행복해질 수 있다면,

그것이 진정 성공이다."

— 2017.1.11. 부산지방법원장

강민구 퇴임 고별 강연 중에서

이제 나이가 들어가면서 나도 누군가의 본보기가 될 수도 있겠다는 생각이다.

단 한 사람이 행복해져도 성공이라는데, 행복의 가치가 그만큼 소중하다는 것과 함께, 기여의 진정한 의미를 다시 한번 새겨보면서 졸필, 졸작이지만 또 한 편의 글을 마감한다.

목표가 있는 삶은 행복하다

세상 모든 사람은 모두가 뭔가의 이유를 가지고 태어난다. 그렇게 세상에 태어나 어떤 식으로든 기여하면서 살아간다. 그것이 세상을 밝게 하는 아름다운 기여일 수도 있고, 그렇지 못할 수도 있겠지만, 알게 모르게 세상에 기여하며 살아가고 있다. 산다는 것 자체가 기여인 셈이다.

하지만 그렇다고 아무 생각 없이 살아서야 되겠는가? 기여를 해도 무엇을 어떻게 할 것인지 알고 해야 하고, 그렇게 내 삶의 존재 가치를 스스로 높이는 삶이어야만 하지 않겠는가.

그러려면 무엇보다 내가 행복해야만 한다. 내가 행복한 삶을 사는 것이 세상에 가장 우선으로 기여하는 것이다.

'목표'가 있어야 더욱 행복한 삶을 살 수 있다. 꿈과 목표가 다른 것 같지만 실은 같은 점이 더 많다. 목표를 더 먼 곳으로 향하면 '꿈'이 된다. 꿈을 현실화하기 위해서는 목표가 필요하다. 꿈과 목표는 지향점은 같지만, 추구하는 방법에서는 다소의 차이가 있을 수 있다. 목표는 세분화할 수 있고 또 그래야만 한다. 인생의 목표라면 그것은 꿈이다. 그 꿈을 이루려면 목표를 잘게 쪼개면 된다. 인생의 목표를 십 년의 목표로 일 년의, 한 달의… 그렇게 하다 보면 오늘을 어떻게 살아야 하는가를 알게 된다.

결국은 오늘이고 지금이다. 지금을 잘 살아내는 오늘이 쌓여 결국 10년, 아니면 50년 후 내 모습을 아름답게 할 수 있는 것이다.

목표가 있으면 인생이 즐겁다. 목표가 있으면 살아야 하는 확실한 이유가 생기기 때문이다. 어차피 한 번 사는 인생, 생의 목표가 일찍 정립돼 있다면 좋겠지만, 그렇지 못하더라도 실망할 필요는 없다. 지금 수립하면 된다. 지금 수립해서 구체화하고 세분화해야 한다.

더욱 멀리 내다보는 큰 목표를 세웠으면, 단기적인 행동계획을 수립해야 한다. 목표가 확실히 정립됐다면 몸이 그렇게 반응하게 돼 있다.

필자는 60이 넘어 인생 목표를 세우고 열심히 살고 있다. 별 생각 없이 살던 그전과 달라진 점이 있다면, 세상일이 술술 잘 풀린다는 것이다. 자신도 문득문득 놀랄 정도이다. 마음먹어서 안 되는 일은 없다. 앞으로도 분명 그럴 것이라 확신한다(잘 이해하지 못하실 수 있지만 그것은 독자분들의 판단에 맡길 뿐이다).

　그래서 예전의 삶과 비교해 보게 된다. 그전에도 목표가 없었던 건 아니지만 지금과 확연히 다른 점이 있다면 구체적이지 못했고, 절실함이 없었고, 무엇보다 하루를 치밀하게 살지 못했었다.

　하루가 일 년을 좌우하고 인생을 결정짓는다는 사실을 어렴풋이나마 알고는 있었지만, 그냥 막연한 생각일 뿐 그렇게 행동하려는 의지가 없었던 것 같다. 물론 긍정적인 삶도 예전과 달라진 점은 없다. 하지만 그 긍정의 사고도 그냥 모든 일을 낙관적인 시각으로만 바라보는 것이 아니라, 사실을 사실 그대로 직시할 수 있는 능력이 조금은 생긴 것 같다.

　인생은 현재가 중요하고 그것으로 미래를 예측한다. 과거의 생각과 행동이 현재의 내 삶을 결정했다면, 현재의 행동이 미래가 된다. 지금 나의 미래가 현실적으로 얼마 남았는가가 중요한게 아니라, 내가 미래를 바라보는 시각이 어느 정도인지가 문제다.

　'미래는 아무도 모른다'가 아니라,
　'내 미래는 현재의 내가 결정한다'는 사실을 꼭 명심하자.

과욕이 화를 부른다 · 2

며칠 전 뉴스에 나온 이야기이다. 80대의 한 노인이 선산에서 시제를 지내다가 갑자기 종중원들에게 인화물질을 뿌리고 불을 질러 한 명이 죽고 여러 사람이 다쳤다고 한다.

평소 종중에 대한, 집안에 대한 불만이 많았었고, 그 때문에 여러 가지 갈등을 겪던 중에 그런 일을 저지른 모양이다.

모두가 욕심이다. 욕심이 과해서 그 욕심을 다 채우지 못한 분노를 그렇게 표출시킨 것이다.

세상 사람 모두가 욕심은 다 있다. 문제는 그 욕심이 과해서인데, 그보다 더한 문제는 그 과한 것을 상대방 탓으로 한다는 것이다. 나는 문제가 없는데 상대방의 욕심이 과해서 내가 손해 보고 있다고 생각하기에 그런 문제가 생긴다. 남을 탓하기 이전에 나를 먼저 돌아볼 수 있다면, 그런 것은 어쩌면 아무런 문제가 되지 않을 수 있는데 말이다.

이번 일이 종중의 재산 문제 때문인지는 잘 모르겠으나, 대부분 그런 문제로 갈등을 빚는 경우가 많은 것 같다.

결국은 돈이다. 돈이 사람을 훌륭하게 만들어주기도 하지만 추한 사람이 되게도 한다.

내 돈을 지키려고 하는 것은 욕심이 아니다. 열심히 일해서 번 내 돈을 내가 잘 지키겠다는 걸 나쁘게 바라볼 일은 아니지만, 세상에 문제가 되는 돈은 항상 다른 곳에 있다.

돈의 일정 부분이 어쩌면 내 돈일 수 있고, 내가 가질 수도 있다고 생각하기 때문에 욕심을 부린다. 그 '일정 부분'을 보다 많이 가지려고 싸우기도 하고, 소송을 하기도 하면서, 결국은 승자도 없이 추한 모습만 드러내는 경우를 심심찮게 봐 왔다.

상속재산 때문에 일어나는 가족 간의 다툼을 종종 보는데 그것이 그런 경우다.

가족법, 상속법을 잘 알지는 못하지만, 그 법을 논하기 전에, 다른 방향에서 좀 더 깊이 생각해 봐야 한다.

아버지의 돈이 원래 내 것이었던가? 아버지가 열심히 노력해서 모은 재산이 왜 자식들 것이 되어야 하나? 물론 일정 부분 기여했을 수도 있겠지만, 그것은 분명 내 것이 아니고, 내 형제의 것도 아니다. 아버지가 열심히 일하신 덕분에 내가 먹고살았고, 공부까지 했으며 이렇게 성장했는데 말이다.

전적으로 아버지 본인이 판단하실 문제인데, 우리나라는 아직 유서라든지 사후 증여 같은 절차가 잘 정착되지 못하다 보니, 결국 사후에 논하게 되는 것이 상속이다. 그러다 보니 여러 가지 문제가 남을 수 있는 것 같다.

물론 선진국이나 다른 나라에서도 이런 문제는 분명 일어나 겠지만, 유독 우리나라가 심한 것 같아 안타깝다.

경제가 갑자기 성장하면서 개개인 또한 잘살게 되었지만, 그것과 비교해 의식이 미처 따라가지 못하면서 생긴 과도기적 현상이 아닐까? 이런 일련의 일들을 잘 극복해야만 우리가 더욱 더 앞으로 나아갈 수 있다. 그래야만 우리도 당당하게 선진국의 대열에 합류할 수 있다고 믿는다.

법과 제도도 보완해야 하겠지만, 그 이전에 우리의 의식을 좀 더 끌어올려야 하지 않을까?

요즘은 묘사(墓祀) 철이다. 덕분에 나도 며칠 전 시골에 묘사를 다녀왔다(집에서 했기에 묘사라고 하기엔 좀 그렇지만).

그런데 우리 집안에서도 문제가 좀 있는 것 같다. 종중 문제는 아니지만, 이웃 간에 살면서 이런저런 오해가 쌓인 모양이다. 이 사람 이야기가 다르고 저 사람 이야기가 다르다. 친척들이 이웃 간에 바로 붙어살면서 서로 반목하며 왕래도 하지 않는다.

이 또한 욕심이 아니겠는가? 이웃사촌이자 혈연의 친척들이 별것 아닌 욕심으로…

오랫동안 더불어 살면서 수 대에 걸쳐 쌓아온, 아름다운 정을 허물지 않을까 하는 걱정이다.

골목길 지나가기 무섭다

골목길 지나가기가 무섭다. 남 얘기가 아니라 내 이야기이다. 남자가 무엇이 그렇게 무섭냐고 말할지 모르겠지만 내 경우는 그렇다.

좁은 골목길에서, 그것도 어두운 밤중에 앞쪽에 여성이 지나가면 신경이 많이 쓰인다. 나는 발걸음이 빠르고 여성은 느리다. 그러다 보면 어느 순간 비슷한 거리에 다다르게 되는데, 그럴 때면 힐끗거리는 여성의 눈빛이 정말 무섭다. 나는 그냥 나대로 내 갈 길을 걸어갈 뿐인데 상대 여성으로서는 두려운 모양이다.

본의 아니게 죄인이 된 나는 정말 그 눈빛이 무섭다. 입장을 바꿔 이해하려 해도 항상 그 모양이다 보니 무섭기도 하고 화가 난다.

세상이 너무 혼탁하고 살벌하다고 생각하기 때문인 것 같은데 그러다 보니 믿을 사람이 없고 의지할 사람도 없는 것 같다.

나 또한 자식들 키우면서 딸아이에게 이렇게 말하곤 한다.

"어두운 골목길 다니지 말고 밝고 큰길로 다녀라."

정말 세상이 다 그럴까? 그렇게 나쁜 사람들밖에 없을까?

그렇진 않을 것이다. TV 뉴스에 나오는 그런 사람들이 전부라면 세상은 살 수가 없다. 또한 그런 사람들만 있다면 뉴스에 날 일도 아니다. 그런 게 일상일 테니까…

그렇게 흔치 않게 일어나는 범죄지만, 우리가 자주 접하는 게 그런 종류의 뉴스다 보니, 세상이 모두 그런 것처럼 느껴지지만, 사실은 세상에 선한 사람, 보통 사람이 훨씬 많다는 사실을 알아야만 한다.

범죄, 특히 흉악한 범죄를 죄의식 없이 저지르는 사람이 몇이나 되겠는가. 대한민국 전체 인구의 0.01%도 안 되는 그런 극소수의 사람들 때문에 전부를 못 믿고, 모두를 범죄인 취급하는 건 너무 심한 비약이 아닐까?

물론 이 글을 쓰고 있는 나 자신도 그렇지 않다는 건 아니다. 세상에 흉흉한 소식이 많이 들리다 보니 자식들 키우는 일이 여간 신경 쓰이는 게 아니다.

아이들이 중·고등학교 다니던 무렵, 내가 사는 마산이 '전국에서 청소년 범죄가 가장 적은 도시'(정확한지 잘 모르겠지만 그와 비슷한 취지의 제목)로 선정되었다는 소식을 들었을 때, 그 소식이 그렇게 기쁠 수가 없었다.

세상은 보통의 선한 사람들과 얼마 되지 않은 특별한 사람들로 구성되어 있다. 보통 사람들은 차치하고, 특별한 사람들을 더욱 자세히 들여다보면… 세상을 리드하고 이끌어 가는 사람들이 있고, 세상에 여러 가지 얘깃거리를 제공하는 사람들이 있다. 그런 사람들이 뉴스에 나오고 그런 사람들이 우리가 상상하지도 못하는 범죄를 저지르면서 사람들을 경악하게 하는 것이다.

그런 것들은 우리 주변에는 자주 일어나는 일도 아니고, 일어나서도 안 되는 일들이지만, 우리는 그런 것들로 인하여 분노하게 되고, 그런 것들로 인하여 주변을 불신하게 된다.

차제에 다시 한번 생각해 봐야 한다. 왜 우리는 우리 주변에는 일어나지도 않을 일을 걱정하며 안달해야 하는가? 왜 우리는 보통 사람이 아닌 특별한 사람들의 의식에 휩쓸려야만 하는가?

앞에서 '특별한 사람이 세상을 이끌어간다'라고 했는데, 사실은 그렇지 않다. 세상은 보통 사람들이 이끌어 간다. 보통의 상식을 가진, 보통의 행동을 하는 보통 사람들의 의식이 결집하여야 세상이 정상적으로 굴러간다.

특별한 사람의 특별한 의식으로 혁신을 이룬다고 생각할 수 있겠지만, 그 특별하다는 것도 보통의 상식이 결집했을 때 가능한 말이다. 다음 말로 상식의 중요성을 강조하련다.

"혁신의 참 의미는 보통의 상식에서 나온다."

배려가 아름다운 것들

‘배려(配慮)’라는 단어의 사전적 정의는 다음과 같다.

“짝처럼 마음으로 다른 사람을 생각함.”

다른 사람을 내 짝처럼 깊이 생각한다는 뜻인데, 가까이는 내 짝에서부터 세상 모든 사람까지, 나 아닌 타인이 모두 다 배려의 대상이다. 물론 능력의 차이에 따라 그 깊이와 폭이 매우 다를 수도 있겠지만, 가까운 주변만 둘러봐도 배려해야 할 대상이 너무도 많다.

배려는 양보, 이해 등과는 또 다른 개념이다. 어쩌면 이 모두를 포함하고 있다고 볼 수도 있다. 이 배려야말로 우리가 가지지 않으면 안 되는, 가장 중요한 가치 중 하나다.

얕은 지식으로 말미암아 더 이상의 깊이 있는 철학은 논하기 어렵지만, 우선 우리 생활 가까이에서 필요한 그 배려에 관한 얘기들을 해보겠다.

차량 운전 중에 일어나는 일들을 보자.

방향지시등이나 라이트를 켜는 이유가 무엇이라 생각하는가? 그냥 그렇게 하라고 하니까? 어두우니까? 물론 틀린 말은 아니지만, 우리는 꼭 그렇게 해야만 하는 숨은 뜻을 한 번쯤 헤아릴 필요가 있다.

바로 '배려'다. 방향지시등을 켜지 않은 차가 갑자기 차선을 변경한다면, 뒤차로선 상당히 당황스러울 수밖에 없는데, 그렇게 상대방을 곤혹스럽게 한다면 본인도 그런 식으로 당하지 말라는 법 없다는 걸 명심해야 한다.

그러면 '뒤차가 없을 때는 켜지 않아도 되지 않겠냐'고 반론할 수 있겠지만, 그렇게 습관으로 배어 있어야만 나 자신이 안전할 수 있다. 운전은 주변 차량과의 소통이고 그것 또한 습관이기 때문이다.

전조등도 마찬가지이다. 어두울 때야 당연히 안 켜고 다니는 사람은 없겠지만, 어두워질 저녁 무렵이거나, 낮이라도 주변이 어두울 때는 전조등을 켜야 한다. 내 입장에선 충분히 전방 식별이 가능할 정도의 어둠이더라도, 마주 오는 상대방 차량이나 보행자들은 내 차를 쉽게 보지 못할 수도 있다.

그렇게 상대에게 내 차의 식별을 쉽게 할 수 있게 하는 것, 그래서 사고를 미연에 방지하는 것, 그것이 방어운전이고 그것이 곧 배려다. 상대방을 배려해서 내가 먼저 안전해지는 것이다.

"장님이 밤중에 등불을 켜고 간다."는 옛날이야기를 한번쯤 떠올려볼 필요가 있다

교차로 꼬리물기에 관해서 얘기해 보자. 출퇴근 시 복잡한 교차로에서 신호와 상관없이 서로 엉키게 되는 경우가 있다. 바쁜 시간이다 보니 조금이라도 먼저 가려는 조급함 때문인데, 이때도 상대방을 생각하는 조금만 배려만 있다면 간단히 해결된다.

앞차와 상관없이 내 차가 교차로 진입 후 신호가 바뀔 것 같으면, 정지선에서 기다리면 된다. 혼잡이 풀리고 그때까지 신호가 안 바뀌었다면, 그때 진입해도 늦지 않다(이 경우는, 뒤차의 재촉과 함께 같은 방향 옆 차로 운전자의 조롱을 참을 만한 약간의 인내와 배짱이 필요하다).

결국 그렇게 하는 것이 오히려 빠르게 갈 수 있다는 건, 겪어본 분들은 다 알 수 있으리라 믿는다.

그렇게 상대를 배려하다 보면, 상대방 운전자로부터 고맙다는 인사를 받을 때가 있다. 그때의 뿌듯함 또한 상당하다. 그러다 보면 머잖아 상대방 운전자도 그런 운전을 할 게 뻔하다.

물론 모든 운전자가 다 그렇게 운전하지는 않을 거고, 그래서

나만 손해 본다는 느낌이 들 수도 있겠지만, 지금 약간의 불편을 감수하고서라도 내가 먼저 시작한다면, 훗날 대부분의 사람이 그런 운전을 하는 걸 볼 수 있을 거라 확신한다.

다시 한번 말하지만, 이것은 나 혼자만의 용기로도 되는 일이고, 운전이 조금 서툴러도 할 수 있는 일이다. 아무것도 아닌 것 같지만, 이 조그만 하나하나가 나를 안전하게 하고 상대를 기쁘게 하면서, 크게는 세상을 바꾸는 일이다.

그래서 배려는 세상을 아름답게 한다.

추서(追書)

배려해서 아름다운 게 세상에 얼마나 더 많겠습니까마는, 영업용 15년을 포함 30년 무사고 운전 경험으로 봤을 때, 운전에서의 배려는, 내 생명을 지키는 일이면서 상대방 또한 안전하게 할 수 있다는 확신으로, 특히 초보운전자들이 알아두었으면 좋겠다는 생각에 우선 적어 봤습니다.

배려는 아름다우면서 힘이 있습니다. 배려는 사랑입니다.

방어운전이란?

　자동차가 현대인에게 필수품이 된 지 오래다. 그러기에 자동차 운전은 어쩔 수 없이 해야만 하는 사장 기본적인 생활의 일부분이 되어버렸다. 그렇게 늘 가까이하는 게 자동차이고 운전인데, 그래서 항상 긴장을 늦추지 않고 신중하게 다뤄야 하는 게 차량이다.

　차량을 운전한다는 것은, 어찌 보면 내가 커다란 흉기를 소지하고 다니는 것이나 다름없다. 잘하면 아주 편리하지만 잘못하면 남을 상하게 할 수도 있고, 나 또한 해를 입을 수 있기 때문이다.

　사고는 대부분 과실이다. 나나 상대방의 부주의나 실수로 인해 발생한다. 그래서 보험에도 가입하고 여러 가지 안전장치를 해두지만, 그 무엇에 앞서서 사고가 나지 않는 게 우선일 텐데…

우리는 운전을 하면서 상대방 운전에 대해 지적하기를 좋아한다. 신호를 지키지 않는 것에서부터 과속운전 난폭운전 등… 그렇게 남의 잘못을 욕하는 경우가 많은데, 사실 알고 보면 나도 그런 운전을 하고 있다는 걸 깨달아야만 한다.

남이 보기에는 나도 신통찮은 운전을 한다는 사실을 직시하면서, 상대가 잘못하고 있다고 여겨지면 나부터 그런 운전을 하지 않겠다는 생각을 가져야 한다. 또 그렇게 잘못된 운전 습관을 지닌 사람이 의외로 많다는 걸 인식하고, 그에 대비한 운전을 해야만 한다. 그것이 방어운전이고, 그것이 결국 무사고 운전으로 가는 지름길이다.

사람들은 방어운전을 강조하면 퉁명스레 이렇게 말한다.

"나만 잘하면 무얼 하나? 상대방이 잘 못해서 사고 나는데."

그래서 오히려 방어운전이 필요하다. 나의 운전과 함께 다른 사람의 입장도 헤아려 보는 게 방어운전이다. 나의 운전을 되짚어 보고, 주변 차량의 흐름을 유심히 살피면서 상대와 내가 불편한 상태가 되지 않도록 배려하고 내가 먼저 양보한다면, 말처럼 '상대방이 일으키는 사고'도 미연에 방지할 수 있다.

방어운전은 미덕이다. 방어운전은 배려의 또 다른 이름이다. 상대를 이해하고 상대 차량의 흐름을 배려하는 운전을 한다면, 당신은 사고 없는 베스트드라이버가 될 것이다.

방어운전을 말하며 배려를 떠올려 본다. 인생을 살면서 정말 잊지 말아야 할 덕목 중 하나가 배려이다. 배려한다는 게 사실 그렇게 어려운 일은 아니다. 어려운 일도 아니고, 힘든 일도 아니다.

내가 살아온 경험으로 상대를 이해하고, 상대방 입장에서 생각해 본다는 게 그렇게 힘든 일은 아닌데, 세상에는 의외로 그런 사람이 많지 않은 게 사실이다. 배움의 많고 적음과 지위의 높고 낮음을 떠나서, 그렇게 배려가 몸에 밴 사람을 만나기가 쉽지 않다. 우리의 의식이 아직 깨어나지 못하고 있는 것 같다.

양보와 이해는 남이 먼저 해야 하고, 배려는 손해라는 생각. 이런 생각들이 각인돼 아직도 그 틀에서 벗어나지 못하고 있다. '양보가 미덕'이라는 사실은 알면서 남이 먼저 양보하길 기다린다.

내가 해야 하는 게 양보이고 이해이다. 남이 하는 것은 양보가 아니고 이해를 구하는 것이다. 내가 먼저 이해하고 양보하는 것 그것이 배려이다.

내가 먼저 하는 배려! 배려가 습관이 되고 생활이 되어서, 내가 태어나고 내가 살아서 숨 쉬고 있는 세상. 이 세상이 한층 성숙해지길 기대해 본다.

고령 운전

세상은 바야흐로 장수 시대이다. 우리나라도 장수 국가인 것은 틀림없는 사실이 되었고, 또 그렇게 고령화 사회로 진입한 것 같다. 물론 세계적인 추세이겠지만, 그중에서도 우리 대한민국이 고령화의 진행 속도가 상당히 빠르다는 걸 느낄 수 있다.

내 아버지 세대와 나의 세대를 비교해 봐도 간단히 알 수 있는 사실이다. 안방에 부모님 사진과 함께 우리 가족 모두의 사진이 걸려 있는데, 아버지의 모습이 지금 내 나이 무렵의 사진이다. 그 사진과 지금의 내 모습을 비교하며 '아버지는 그때도 많이 늙으셨구나' 하며 쓸쓸한 웃음이 지어질 때가 있다.

그때 고생하신 아버지 세대, 그리고 나의 세대, 내 아이들의 세대. 격세지감이다(주제와는 조금 다른 얘기지만, 그렇게 대한민국이 머잖아 초 장수국가로 진입할 것이라는 걸 예감하게 된다).

장수는 분명 축복할 일이다. 문제는 그에 대한 대비책이 있어야 한다는 건데…

가장 시급한 문제는 '치매'인 것 같다. 고령화 시대로 가면 어쩔 수 없이 치매를 논하지 않을 수 없다. 본인의 의지와는 무관할 수도 있는 치매, 그래서 세계는 지금 치매와의 전쟁을 치르고 있다. 본인과 함께 주변 가족들의 고통, 그로 인한 인적인 손실, 그런 것 때문에 나라마다 엄청난 양의 국고를 쏟아붓는 실정이라고 한다.

우리나라도 많은 대비책을 갖고 있고, 또 그렇게 잘 실행되고 있는 걸로 알고 있지만, 그 무엇보다 우선하는 건 그것을 대하는 개인의 태도이다. 어느 정도 나이가 들면 스스로 대비해야 한다. '나는 안 그러겠지', '나는 그럴 리가 없어' 이런 안이함은 버리고 '나도 그럴 수 있다'라는 생각으로 미리미리 대비해야 한다.

대비라는 게 특별히 없을 수도 있겠지만, 나로 인해 선의의 다른 사람에게 피해주지 않겠다는 생각만큼은 잊지 말아야 한다.

그래서 '고령 운전'을 이야기한다.

고령화 시대의 가장 큰 화두가 치매라면, 그 무엇에 앞서서 고령 운전을 이야기하지 않을 수 없다. 스스로 인지할 수 없는 게 치매이기 때문에, 자기가 치매인지도 모르는 사람이 운전할 수도 있다.

　최근 들어서 고령 운전자들의 사고 소식이 부쩍 자주 들려오는 것을 대수롭지 않게 생각한다면 큰 실수이다. 그것은 앞으로 다가올 다량의 치명적 사고를 좌시하는 것이나 다름없다.

　제도적 보완이 시급하다고 본다. 일본 등 다른 선진국, 장수국의 예를 들 필요도 없다. 우리가 앞서가야 한다. 우리가 곧 그들을 초월하는 장수국가가 될 것이기 때문이다.

　얼마 전까지만 해도, 팔십 대 고령 운전자가 자기의 운전 실력을 과시하는 것도, 칠십 대 할머니가 운전면허 딴 것을 자랑하는 것도 TV에서 보여주기도 했었지만, 결론부터 말하면 그것은 정말 위험한 일이다. 본인도 그렇지만 그것을 시청하는 고령의 운전자들이나 그 희망자들에게뿐만 아니라, 선의의 모든 사람에게도 그렇다(옛날에 음란비디오물을 두고서 아이들에게 '호환 마마보다 더 무서운 것'이라는 홍보를 한 적 있었는데, 그보다 못할 것 같지 않다).

　고령 운전의 예로 치매를 들었는데, 물론 극히 일부의 경우이겠지만, 그래서 극단적인 예이겠지만, 그만큼 고령 운전의 폐해는 막심하다. 또한 앞으로도 더 심해질 거라는 건 자명한 사실이다.

필자의 경우 무사고 운전 30년 경력자이다. 60대 중반의 나이인데, 나이가 들수록 운전에 두려움을 느낀다. 눈이 침침해서 야간운전이 힘들다. 낮에도 순간순간 대처 능력이 떨어지고, 순발력이 예전만 못하다는 걸 확실히 느끼고 있다. 물론 각 개인의 운동능력이나 인지능력의 차이는 있겠지만, 나이가 들면 그런 것들이 떨어질 수밖에 없는 건 어쩔 수 없는 현실이다.

이렇게 운전을 오래 한 사람들도 어려운 게 운전인데, 나이가 들어서 운전면허를 따고 운전을 하시는 분들은, 이 충고를 꼭 들어주셨으면 하는 바람이다.

고령 운전을 정부에선 어떻게 대비하고 있고, 어떤 대책을 수립할진 모르겠지만, 우선 노령의 운전면허 취득부터 제한해야 하지 않을까?

그것이 고령자의 조그만 희망을 꺾는 일이 될지도 모르겠지만, 그래도 그것이 본인은 물론이고 나아가 사회 전체를 위한 것이 될 거라 믿는다.

또한 사회적 운동으로 하든지, 법으로 제정하든지, 어떤 식으로든 언젠가는 운전면허증 회수를 해야만 된다고 생각하는데, 그때는 제일 먼저 달려가야겠다(지금 반납하기는 너무 아쉽다는 생각이 들지만).

스트레스가 보약보다 낫다 · 1

어느 날 거지 부자(父子)가 길을 걷고 있는데 동네에서 제일 큰 부잣집에서 불이 났다. 엄청난 불로 집과 가재도구가 다 타고 난리가 아니다.

한참을 지켜보던 거지 아들이 말한다.

"아버지, 우리는 저럴 걱정은 없네요."

아버지 왈 "그래, 그게 다 애비 잘 만난 덕이다."

현대를 살아가는 사람 중에 스트레스를 경험해 보지 않은 사람은 없을 것이다. 이제 모든 병의 근원 중에 스트레스가 차지하는 비중이 상당하다고 얘기한다.

그래서 사람들은 스트레스받지 말라고들 하는데… 사실 이

말은 조금 잘못된 표현이다. 사전적 의미로는 억압, 압박 같은 것인데, 이것은 받기 싫다고 안 받아도 되는, 다시 말해서 자신의 의지로 되는 것이 아니다.

내 주변의 상황에 따라 발생하거나 타인으로 인하여 일어나는 일이다. 물론 그것을 받아들이고 해소하는 방법은 개인에 따라 다르겠지만, 스스로 선택할 수 있는 것은 분명 아니다.

현대인은 엄청난 상황의 변화 속에 살아가고 있다. 그러다 보니 우리는 어쩔 수 없이 다양한 스트레스에 노출될 수밖에 없는데, 직종에 따라 신분에 따라 그 형태는 다르겠지만, 그것이 생활의 일부분이 된 지 오래다.

더 적극적으로 현재를 살아가고 있는 사람일수록 더욱 피할 수 없는 게 스트레스인데, 문제는 어떻게 받아들이고 인식하느냐이다.

가만히 있어도 땀나고 짜증 나는 요즘 같은 무더위에, 일부러 땀 흘리며 운동하는 이유는 내 몸의 건강을 위해서다. 힘든 걸 무릅쓰고 꾸준히 운동한다면 몸이 좋아진다는 사실을 모르는 사람은 없다.

그렇다면 이제는 육체적인 운동 못지않게 정신적인 운동을 신경 쓸 때가 아니겠는가. 정신도 단련하면 분명히 좋아진다. 웰빙을 이야기하더니 요즘은 부쩍 힐링을 말하는 걸 보면, 우리 사회도 정신과 정서 치유의 필요성을 많이 느끼고 있는 것 같다.

서두에 언급한 거지 부자처럼 살 수 있다면 걱정이 없어서 좋을지도 모르겠지만, 그렇게 살고 싶은 사람은 아마 없을 것이다.

받고 싶다고 받아지는 것도 아니고, 받기 싫다고 안 받을 수 있는 것도 아니다. 분명한 한 가지는 그것을 잘 극복해야만 한다는 것이다. 더 확실한 것은 그것을 잘 극복하다 보면 나 자신이 한 단계 더 성숙해진다는 사실이다. 받으면 받을수록 나를 더 단련할 수 있는 게 이것이다. 육체적인 단련도 좋지만 정신적 성숙이 나의 삶을 훨씬 더 풍요롭게 해 준다는 걸 알아야 한다.

가끔 친구들과 등산하다 보면, 하산 후 이렇게 말하는 친구가 있다.

"오늘도 보약 한 제 잘 먹었다."

이제는 스트레스가 보약이다. 아니 보약보다 낫다.

인생이 도박판 같아서야...

　인생은 선택의 연속이다. 크고 작은 모든 선택이 이어져 삶의 질이 결정되고, 인생이 완성되어 가는 것이다.

　그런 점에서 인생은 도박판과 많이 닮았다. 베팅할 것인가, 죽을 것인가. 끊임없는 갈등과 선택 속에 승부가 가려지는 게 도박이기 때문이다.

　그래서 "노름을 해 보면 사람을 알 수 있다"라는 말이 있다.

　사실이 그렇다. 노름판에서는 이기는 게 목적이기 때문에 눈치 보기, 상대방 속이기 등, 온갖 수단과 방법이 동원되기 마련인데, 결국 상대방을 잘 속이고 내 마음을 들키지 않는 사람이 승리하는 게 도박이다. 그 과정에서 인간의 본성을 엿볼 수 있는 게임이기도 하다.

　도박판에서 가장 잘해야 하는 건 거짓이다. 거짓말, 거짓 표정… 그렇게 자기감정을 숨기고 거짓을 진실처럼 잘 포장할 수 있어야만 승리한다. 모두가 그렇다고 한다면 좀 과장된 표현일지 모르겠지만, 도박은 인생과 참 많이 닮아있다.

정직하게 말하고 솔직하게만 산 사람이 성공하기는 어렵다. 거짓과 부정이 동반되고 편법을 이용해야만 제대로 된 능력자로 대접받을 수 있다.

사실 거짓말은 살면서 상당히 필요한 존재다.

오죽하면 영국의 속담 중에 이런 말이 있다.

"거짓말과 우산은 항상 가져 다녀야 한다."

신사의 나라 법의 나라 영국에서 그런 말이 통한다는 게 조금은 아이러니 같지만, 여기서 말하는 거짓말이란 유머를 얘기하는 것 같다. 서양에서 최고로 생각하는 유머 감각을 지니라는 뜻이라고 해석된다. 진실만을 말하면 재미없다. 거짓이 섞여야 재미있다.

그렇게 얘기하는 거짓말은 인간관계의 윤활유가 될 수 있다. 조금은 과장되고 거짓된 표현을 하더라도, 말을 재미있게 한다면 듣는 사람이 즐거워질 것이다.

그런데 세상이 온통 거짓이어서야 되겠는가? 거짓으로 말하고, 거짓으로 행동하고, 거짓으로 온갖 이득을 취한다면 진실은 어디에서 숨을 쉴까? 진실을 말하는 것은 어리석음의 상징이 되고, 정직이 무능함이 되었다. 진실하게 말하면 조롱을 당하고, 정직하게 얘기하면 그것을 이용하는 사람이 꼭 있다.

"인생은 한 방"이라고 말하는 사람들이 있다. 그래서 로또를 사고 다른 복권들도 사는데, 당첨되기가 정말 힘들다는 것도, 설혹 당첨돼서 큰 횡재를 하더라도 결국 그 뒤끝이 좋지 못하다는 것도, 다 알지만 그래도 혹시나 하고 잘된다는 복권방에 줄을 서는 사람들…

물질이 만능인 세상에 어쩌면 당연한 일인지 모르겠지만, 열심히 일하고 부지런히 노력한 사람이 성공하는 세상은 꿈속에서만 가능한 일일까?

더 늦기 전에 바로잡아야 한다. 지금 바로잡지 못하면 세상은 정말 도박판이 되고 만다. 승부에만 집착하고 거짓으로 승부하는 도박판과 우리네 일상이 똑같아진다면, 세상이 너무나 혼탁해진다는 건 불을 보듯 뻔하다.

정직한 사람이 존경받는 사회, 성실하게 일한 사람이 대접받는 사회, 세상이 도박판이 아니고 로또가 만능이 아닌, 진정한 소시민이 행복한 사회를 우리 스스로 만들어 가야 하지 않겠는가?

말을 잘한다는 것은

　내 생각을 남에게 전달하는 수단이라면 말, 행동, 표정 정도가 전부인 것 같다. 물론 글로써 나의 마음을 전달할 수도 있겠지만, 몸으로 직접 할 수 있는 표현은 그 정도가 아닌가 생각한다.

　'말'은 그중에서도 가장 적극적인 의사 표현의 방법이면서, 소통의 수단으로서는 그보다 더 유용한 도구는 없을 것이다.

　아무리 좋은 생각과 아이디어를 마음속에 가지고 있어도, 내 생각을 겉으로 내보이지 않으면 아무 소용이 없다. 표현함으로써 소통이 시작되는 것이다. 따라서 잘 표현한 말은 그만큼 살아가는 데 도움이 되겠지만, 잘못 표현한 말은 큰 화가 될 수도 있다.

　내 인격, 인성이 드러날 수밖에 없기에 항상 신중해야 하고, 조심스럽게 내뱉어야 하는 것 또한 말이다.

마음을 겉으로 표현하는 게 말인데, 사실 그 '표현하기'가 쉽지 않다. 마음속으론 할 말이 많은데, 겉으로 표현이 잘 안된다. 때로는 할 말을 잊어버리기도 하고, 때로는 생각과 다른 말이 튀어나오기도 한다.

그래서 말을 잘하는 사람을 보면 부럽다. 때론 진지하게, 때론 재미있게 말하며 대화를 주도하는 사람, 물 흐르듯 자연스러운 연설을 하는 사람, 모두가 부러움의 대상이다.

"생각이 말이 되고, 말이 행동이 되고, 행동이 습관이 되어 인생을 좌우한다."

그러니까 생각이 말과 행동으로 나타났을 때, 그것이 인생 전반을 결정하게 된다는 것이다. 그만큼 말이 중요하다는 것은 새삼 강조할 필요는 없을 것 같다.

말을 잘하려면 가장 먼저 해야 할 것이 있다. 우선 잘 듣는 법을 배워야 한다.

"이청득심(以聽得心): 잘 들음으로써 마음을 얻는다."

무엇보다 듣는 게 중요하다는 얘기다.

그렇게 듣는 것만 잘해도 대화를 리드할 수 있다. 상대의 말을 잘 들어주기만 해도 상대에게 호감을 살 수 있는 일이다.

사람은 누구나 자기 말을 하고 싶어하고, 누군가 그 말을 들어주기를 원한다. 그 때문에 상대의 말을 잘 듣고 있으면, 내가 말을 많이 하지 않아도 충분히 서로가 공감할 수 있는 일이 생긴다. 또한 상대의 말을 잘 듣고 기억했다가, 훗날 배려의 말을 한마디쯤 해 줄 수 있다면, 상대가 나를 바라보는 이미지 자체가 달라질 수도 있는 일이다.

잘 듣는 것부터 배우고 익히면서, 말하는 연습을 열심히 한다면, 나 또한 소통의 달인이 될 수 있지 않을까 생각된다.

외국어도 아닌데 우리나라 말을 익혀야 한다는 게 우습게 들릴지 모르겠지만, 말을 배우는 게 아니라 '말 잘하는 방법'를 배우는 일이니까, 정말로 내가 말 잘하는 멋진 사람이 되어 새롭게 태어나고 싶다면, 독하게 마음먹고 한 번쯤 시도해 봄직 한 일이다.

요즘은 우리나라 사람들 노래 못하는 사람이 거의 없다. 몇십 년 전만 해도 대부분의 사람이 여러 사람 앞에서 노래하는 걸 어려워했었는데, 요즘은 시켜주지 않으면 화를 내고, 마이크를 잡으면 놓지 않으려고 한다. 노래방이 생겨서 열심히 노래했기 때문이다. 노래방에서 열심히 돈을 투자한 사람이 노래를 잘한다.

간혹 하는 노래도 이럴진대 늘 해야 하는 '말'은 말해 무엇하겠는가. 우리네 속담도 있잖는가.

"한마디 말로 천 냥 빚도 갚는다."

말 잘해서 손해 볼 일 없고, 말 잘해서 매 맞을 일도 없다. 그래서 우선 말은 잘하고 볼 일이다. 노래를 잘하면 노래방에서 빛을 발하겠지만, 말을 잘하면 세상을 리드할 수도 있는 일이다.

결론은 '훈련'이다. 방법은 찾아보면 얼마든지 있다. 스스로에 맞는 방법을 찾아서 열심히 연습하고 훈련했을 때, 결과는 좋을 수밖에 없다는 걸 확신한다.

"잘하는 말은 귀를 즐겁게 하지만 진실한 말은 가슴을 울린다."

말을 재미있게 하면서 가슴을 울릴 수 있는 말, 그런 말을 하도록 노력해야겠다.

인격 형성은 인사에서부터

　사람을 알아가는 과정에서 가장 먼저 마주치는 것이 첫인상이다. 첫인상은 오랫동안 기억에 남고, 첫인상이 좋으면 그 이후로도 좋은 기억이 남아 있을 수밖에 없다.

　그 첫인상을 좌우하는 것이 인사이다. 얼굴도 있고 표정도 있겠지만, 인사하는 태도가 상당한 부분을 차지한다. 웃으며 반갑게 인사하면, 처음부터 그 사람을 좋게 보게 되는 건 어쩌면 당연한 일일 거다. '웃는 얼굴에 침 못 뱉는다.'라고 하는데, 웃는 것과 인사는 서로 뗄 수 없는 관계이다. 웃지 않고 억지로 하는 인사는 인사가 아니다.

　우리나라 사람이 대체로 인사에 인색한 것 같다. 특히 무뚝뚝한 경상도 사람이 더한 것은 사실이다.

　주위에 보면, 인사를 잘하는 사람도 있지만, 잘하지 않는 사람이 의외로 많다. 아침에 출근해서 만나도, 먼저 보면서 얼굴을 돌려 버리는 사람이 있다. 그러다가 내가 먼저 인사하면 그제야 아는 체한다. 나보다 연하이면서, 특별히 나하고 감정 상한 일도 없는데…

먼저 인사하면 손해 본다는 생각이 있는 것 같다. 손해도 보지만 자기의 약한 모습을 내보인다고 생각하는 모양인데, 이것은 정말 인간관계에서 심각한 결격사유이다. 아는 사이에 반갑다고 인사하고, 식당에서 잘 먹었다고 인사하고, 도움 준 사람에게 고맙다고 하는 인사가, 그렇게 어려운 일은 아닐 건데 말이다.

인사하는 것도 습관이다. 그러기 때문에 어릴 때부터 꾸준히 연습하고 몸에 배어야 하는데, 그것이 체화되지 않으면, 갑자기 먼저 다가가고 인사하기는 상당히 어색할 수밖에 없다.

그래서 어릴 때 부모의 교육이 중요하다. 내 아이가 항상 웃으면서 인사하는 아이로 자란다면, 어디에서도 사랑받는 아이가 될 것이고, 어른이 되어서도 존중받는 사람이 될 수 있다는 걸 알아야 한다.

인격 수양의 가장 높은 단계가 '겸손'이라는데, 나이가 들면서 점점 더 그것을 실감하고 있다. 그런 마음 자세를 갖추기도 힘들지만, 그것을 실천하기는 더더욱 어렵다는 걸 말이다.

사람을 높여 보거나 낮춰 보기는 쉽다. 그러나 스스로 당당하면서 또한 겸손하기는 대단히 어렵다. 그만큼 이루기 힘든 것이 겸손, '겸양의 미덕'이라면, 그 시작은 '인사'다.

또한 겸손이 최고의 미덕이라면, 그 반대말은 '거만'이다. 사실 한때는 거만한 사람이 대단하게 인식되었던 적도 있었다. 뭔가 있어 보이고, 그 앞에 서면 왠지 주눅이 들것 같은 그런 사람. 뱃살이 부의 상징이고 권력이라고 생각했던 시절, 그래서 일부러 뱃살을 불리고, 그 나온 배를 더 불러 보이려고 뒷짐 지고 어기적거리며 걷는 모습. 나온 배가 '인격'이라 불리던 시절…

젊은이들은 그 모습이 실감 나지 않겠지만, 그렇다면 흔히 볼 수 있는 광경이 있다.

요즘 TV에 자주 나오는 인물이다. 북한의 최고지도자라는 김정은이 딱 그 모습을 하고 있다. 우리의 삼사십 년 전의 모습, 그 모습이 보기 좋다고 하는 대한민국 사람은 아마 지금은 없을 것이다.

뱃살을 비우면 다이어트가 되지만 마음을 비우면 겸손이 된다. 지금부터라도 뱃살도 비우고 마음도 비워서, 몸과 마음이 건강한, 그래서 세계에서 존경받는 대한민국 사람이 되었으면 하는 바람이다.

다시 한번 말하지만, 그 시작은 인사이다. 어디서 누구를 만

났건, 무슨 일을 겪었건, 내가 먼저 반갑게 인사한다면, 상대도 분명 기쁘게 받아 줄 것이다.

인사는 웃음을 동반한다. 인사는 전염성이 빠르다. 내가 먼저 하는 가벼운 인사가 주변을 밝게 만든다. 그 시작에 내가 있다고 생각하면, 그 생각만으로도 기분 좋은 일이다. 그래서 정말 살맛 나는 세상을 기대해 본다.

스트레스가 보약보다 낫다 · 2

중년의 나이를 넘어서면 신경 쓰이고 걱정되는 게 한두 가지가 아니다. 그중에서 제일이 아마 건강 문제일 것이다. 이 나이에 아직 할 일도 많은데 큰 병이라도 걸리면 어쩌나… 여러 가지로 염려되는 게 사실이다. 그래서 운동 열심히 하고 좋다는 약은 다 먹어 보고 건강검진도 빠지지 않고 받는다.

물론 다 좋은 일이다. 미리미리 건강을 체크하는 게 나쁠 리가 없다. 하지만 그렇다고 해도 사라지지 않는 게 하나 있다. 그것은 바로 '걱정'이다. 걱정하기 때문에 걱정이 생긴다. 몸이 조금만 이상해도 큰 병과 연관지어 걱정부터 앞세운다. 요즘은 몸이 아파서 병원을 찾는 것보다 아픈 것 같아서 찾는 사람이 더 많다고 한다. 그러니까 미리 자기가 자기 병을 알아보고(?) 병원을 찾는 것이다. 의사가 별로 할 일이 없다.

서양 속담 하나가 생각난다.

"다리에 이르기 전에는 다리를 건너지 마라."

우리는 다리에 이르기도 전에 미리부터 다리가 흔들린다는 걱정을 하고 있지는 않는지 생각해 봐야 한다. 걱정은 내일 해도 늦지 않다. 걱정은 짧을수록 좋다. 걱정으로 일이 해결된다면 걱정만 하고 있으면 되겠지만, 대부분의 어려운 일들은 걱정으로 해결되지 않는다. 부딪혀 풀어야만 하고 세월이 지나야만 해결된다.

스트레스를 말하고 싶어 걱정을 이야기했는데, 걱정은 그 스트레스를 스스로 자원해서 짊어지고 사는 것이나 다름없다.

현대인이 가진 질병의 원인 중에 스트레스로 인한 것이 대부분을 차지한다고 한다. 그런데 정말로 스트레스가 만병의 근원일까? 우리가 그럴 거라고 믿고 있기 때문은 아닐까?

요즘 세상에 스트레스받지 않는 일이 어디 있겠는가. 모든 일이 스트레스의 연속이다. 세상엔 즐겁고 기쁜 일도 있겠지만 좋지 않은 일도 많을 텐데, 그 모든 안 좋은 일들이 전부 스트레스로 쌓이면 세상을 살 수 없는 일이다.

인터넷을 뒤져보니 좋은 스트레스도 있다고 한다. 그것이 내가 얘기하고 싶은 스트레스다. 불가항력적이며 순간적으로 헤어날 수 없는 스트레스를 제외하면 대부분 극복할 수 있는 것들이다.

　분명 좋은 스트레스인 것이다. 극복하면 분명히 보다 나은 삶을 살 수 있는 활력소가 될 수도 있는데 사람들은 변명처럼 체념하며 산다. 그렇게 걱정만 앞세우면서…

　이제 우리는 스트레스와 떨어져 살 수 없다는 건 잘 안다. 그 때문에 이겨내는 법을 찾아야 한다. 그러면 어떻게 해야 하는가?

　즐겨야 한다. 세상일이 대부분 그렇지만 억지로 이기려 하면 이기기 힘들다. 그냥 그러려니 하고 즐길 수 있어야 하는데…

　중학교 때 생물 선생님이 해 주신 재미있는 이야기 한 번 적어 본다.

　"옛날 어느 고을에 부잣집 외동딸이 병이 났다. 용한 의원을 부르고 온갖 약을 다 써 봐도 병이 낫지 않았다. 그래서 온 동네에 방을 붙여 병을 고칠 수 있는 사람을 찾고 있었다. 마침 그 동네를 지나가던 한 젊은이, 그는 며칠을 굶어 허기진 까닭에 별생각 없이 그 집을 들어간다. 주인이 보니 남루한 차림의 행색을 보아 별로 믿음이 가지는 않았지만, 그래도 지푸라기라도 잡는 심정으로 후하게 대접하고 치료를 부탁한다.

　그렇게 사흘의 말미를 받은 젊은이… 사실 배가 고파 왔을 뿐

의술이라곤 아무것도 모르는 사람이었다. 주변을 모두 물리치고 열심히 먹는 일에만 열중한다. 그렇게 이틀을 열심히 먹고 자고 나니 슬슬 걱정이 몰려온다. 이 밤이 지나면 약속한 날인데 병을 고칠 수 있기는커녕 주인 딸의 병은 더 깊어지는 것 같았다. 도망할 궁리를 해 봐도 도저히 엄두를 못 내겠고… 때는 한여름이라 땀은 삐질삐질 나지만 딱히 할 일도 없어서 흐르는 땀을 문지르니 때와 함께 뭉쳐진다. 그것을 하나 둘 모으니 언뜻 보면 약처럼 보인다. 드디어 약속한 마지막 날.

자포자기인 젊은이, 뭉쳐진 때를 약이라고 말하며 병든 주인 딸에게 건넨다. 그것을 먹은 주인 딸, 너무 역겨움에 심한 구토를 하고 만다. 그런데 신기하게도 주인 딸의 병이 나았다. 병의 원인이 급체였던 것이다. 그 급체의 원인 물질이 심한 구토와 함께 토해져 나오면서 병이 나은 것이다. 그렇게 부잣집 주인 딸을 고친 인연으로 그 딸과 결혼해서 부잣집 사위로 행복하게 살았다는 이야기.”

세상살이 모두가 마음먹기에 달렸다. 걱정을 말하면 걱정할 일이 생기고, 행복을 말하면 행복한 일이 생긴다.

"대부분의 사람은 자기가 행복해지려고 결심한 만큼

행복하다."

—에이브러햄 링컨

겨울이다. 모두가 행복을 말하고, 그래서 모두가 행복하고 따뜻한 겨울이 되었으면 좋겠다.

존재와 기여

'천상천하 유아독존' 세상은 어차피 나 혼자이다. 내가 없는 세상은 존재하지 않는다. 내가 있기에 세상을 느끼고 세상과 소통할 뿐이다. 내 육신이 없고 내 영혼이 사라진 세상이 존재한들 나한테 무슨 소용이겠는가?

그래서 태어난 이유를 생각하고, 존재의 가치를 찾으려고 고뇌하다 문득 떠오르는 한 줄기 빛을 발견한다. 나 죽으면 내게는 없어질 세상, 사라질 세상이지만, 그래도 여전히 그 세상은 아무 문제 없이 돌아간다는 사실이다.

흔적을 남겨야 한다. 어차피 내게선 사라지겠지만 나 없이도 잘 돌아갈 세상이라면, 내가 살다간 모습은 남겨야 한다.

세상이 언제까지 나를 기억해 줄진 모르겠지만, 내 삶의 족적이 세상에 좋은 의미로 남는다면 가치 있는 삶 아니겠는가? 그래서 '기여'라는 아름다운 단어가 새로운 의미로 다가온다.

진짜 아름다운 기여는 나 없는 세상에서 더 빛을 발하겠지만, 그렇게까진 아니더라도 살다간 흔적은 확실히 남겨야 한다.

어떻게 세상에 기여할 것인가?

어릴 적 도덕책에서 배운 윤리와 현실 세계의 괴리를 영리한 사람은 빨리 깨닫겠지만, 그렇지 못한 사람은 뒤처질 수밖에 없다. 그렇다고 그 뒤처진 인생이 낙오자인가?

지금은 비록 험한 세상에 치여 피투성이로 살아갈지라도 스스로 당당하다면, 그 인생 분명 누군가가 기억해 줄 것이다.

지금 세상을 한마디로 표현하자면, 아버지가 도둑질하면서 자식에게 "남의 걸 훔치는 건 잘못된 것이다." 가르치는 꼴이다. 자기는 도둑질해서 그나마 잘 살지만, 자식에겐 거짓을 물려주기는 싫은 일말의 양심은 남아 있는, 그런 형국이라고 보인다.

그런데 문제는 자식이 자란 다음이다. 자식이 머리가 크고 세상을 알아 가면, 아버지가 잘못됐다는 걸 알게 되는데, 그렇게 아버지를 원망하고 미워하면서도 어쩔 수 없이 그 아버지를 닮아가고 있는 모습이다.

앞에서도 말한 바와 같이 비록 현실과 괴리가 조금 있을지라도, 아버지가 진실하게 말하고 행동하는 모습을 보며 자란 자식이 세상을 바라보는 모습과의 차이는 어느 정도일까? 또 그 생이 살아가는 방식은 어떻게 다를까?

빠르진 않지만, 세상이 조금씩 변한다는 건 감지할 수 있다. 서울에서 몇 달 산적이 있는데 그중에 한 가지.

신호등이 없는 거리에서 '보행자 우선'이 비교적 잘 지켜지고 있는 걸 목격했다. 약 10년 전쯤엔 그렇지 않았던 것 같은데… '보행자 우선'이라는 건 도로교통법에도 있는 거고, 다분히 상식적이지만, 이것이 새삼스럽게 다가오는 이유는 뭘까?

덩치 큰 차량이 약한 보행자를 무시하는 경향에서 벗어나, 약자를 보호하는 모습으로 보여서 좋고, 대부분의 사람이 안 지키는 교통법규를 나 혼자라도 지키려 하는 용기가 보이는 것 같아 좋다. 또한 법규를 지키는 것이 손해 보는 일이 아니라는 걸 인지할 수 있다면, 그것만으로도 엄청난 변화가 아니겠는가?

바야흐로 세상은 거짓과 부정이 배척당하고, 양보와 배려가 존경의 대상이 되는 사회, 정직과 청렴함이 추앙받는 사회가 도래하고 있다.

지금 내 모습이 조금 못나 보이고, 조금은 추한 모습일지라도, 정직하고 올곧은 나의 모습을 보고 자란 내 자식이, 아니 그 후대가 건강한 정신으로 세상에 존경받는 삶을 살 수 있다면, 그보다 더 좋은 일이 또 어디 있겠는가?

또한 그것이 바로 기여이다. 그것으로 당신은 세상에 엄청난 기여를 한 것이다.

　기여하지 못하면 존재는 의미가 없다. 내가 세상에 무엇을 기여할 것인가를 늘 고민한다면, 머잖아 세상은 아름다운 답을 내려줄 것이다.

호롱불 세대

1960년대 후반이나 70년대 초반 무렵, 중학교 다닐 때쯤이다. 시골의 외할머니댁. 아마 겨울방학 때일 거다. 저녁 무렵, 또래의 친구들과 옹기종기 모여 잡담하며 놀고 있었는데… 갑자기 전깃불이 끊겨 촛불을 켜야만 했다. 그 와중에 여기저기서 웅성거리는 소리가 들린다.

"왜 이리 어둡냐?"

사실 촛불은 상당히 밝은 것이었다. 호롱불에 비하면 말이다. 아마 열 배쯤, 아니 그보다 훨씬 더 밝았을지도 모른다. 그래서 제사 때나 특별한 일이 있을 때만 밝히던 것이었는데… 전기의 혜택을 받은 지 몇 달이 채 안 되었는데(그전 여름방학에 왔을 때는 분명 전기가 들어오지 않았으니까) 그사이 촛불의 고마움을 잊은 모양이다.

기억하기론, 나이 아홉 살 초등학교 3학년 시작하면서 마산으로 왔는데, 그때 전기가 들어오고 있었으니까, 정확히 언제쯤 들어왔는지는 모르겠지만, 마산에는 전기의 혜택을 누리고 있을 즈음이다.

정확하지 않지만 그때의 기억을 떠올리자면… 일반선, 특선이라는 게 있었는데, 일정 시간이 되면 온종일 계속 들어오는 게 특선이고, 하루걸러 들어오는 게 일반선이었던 것 같다. 그래서 다른 집과 벽 쪽의 높은 곳을 뚫어, 그 가운데 전구를 켜놓고 도둑전기(?)를 나눠 쓰던 기억이 난다.

물론 서울이나 대도시는 그보다 더 일찍 들어왔겠지만, 강원도 산골이나 오지 마을에는, 거의 90년 무렵에서야 전기의 혜택을 받을 수 있었다고 알고 있다(이야기하다 보니까, 전국에 전기가 보급된 지도 오래된 일은 아니라는 사실이 새롭다).

필자의 경우 그렇게 전기의 혜택을 거의 다 누리고 살았지만, 아버지 세대부터 그 위 세대에서는 전깃불은 구경조차 못하고 오로지 호롱불에만 의존했다는 걸 알 수 있다. 호롱불 아래서 밥 먹고, 공부하고…

서두에도 얘기했지만 촛불이 호롱불보다 몇십 배 밝다면, 전깃불은 그 촛불보다 얼마나 더 밝겠는가?

'호롱불 세대'. 그 시대 우리 조상들의 노력을 잊어서는 안 된다. "역사를 잊은 민족은 미래가 없다." 그 숭고한 우리 조상의 노력들을 무시하고 폄훼한다면, 그것은 정말 못할 짓이다. 역사 책에 나오는 오래된 조상은 기억하면서, 아직 현실에 살아계시기도 한 우리의 조상들을 외면할 순 없는 일이다.

몇 년의 전쟁을 겪고, 직접 참여하기도 하면서, 수많은 아픔과 상처를 뒤로한 채, 오로지 자식들의 미래와 자손의 번영만을 위하여, 자신의 안위는 돌아보지 않고 희생하신 우리의 선조님들. 그분들이 계셨기에 지금의 내가 있고, 번영된 대한민국이 있다.

요즘은 장수 시대이다. 그러다 보니 생산력이 없는 노인 인구가 차지하는 비중이 상당해졌다. 그래서 본의 아니게 젊은이들의 부담이 많아졌다. 젊은이들이 벌어서 노인을 봉양하는 게 당연한 세상이 돼버렸다. 그러다 보니 그것이 젊은이들의 불만이 되어, 세대간의 갈등으로도 이어지는 것 같은데, 꼭 그렇게 볼 일만은 아닌 것 같다.

젊은이 일자리가 없다고 하지만, 눈높이만 조금 낮추면 얼마든지 많다고 필자는 확언한다. 젊은이는 젊은이대로 할 일을 찾아서 하고, 노인은 노인대로 나름의 사회 기여의 방법을 찾으면 된다(누구든 일은 찾지 않으면서 불명 불만만 한다는 건 사회주의 국가에서나 있을법한 일이다).

건강이 받쳐주고 본인의 의지만 있다면, 노인도 그 나름의 일은 가능하다는 사실을, 구순이 가까운 내 어머니의 경우에서 알아가고 있다. 한 달에 30만 원 받으시며 '노인 일자리 사업'에 동참하고 계시는데, 그것 또한 적으나마 사회에 기여하는 일이고, 그것으로 당신의 건강을 지키는 일이라는 걸 스스로 자부하신다.

젊은이들에게 다시 한번 당부하고 싶다. 노인 세대, 부모님 세대를 다 이해해 달라고 부탁하고 싶은 생각은 없다.

하지만 그분들도 그분들 나름의 힘든 시절을 견디면서, 정말 열심히 살아오셨다는 걸 이해하면서, 무엇보다 자기 일을 충실히 한다면… 머잖아, 지금 살고 있는 세상이 정말 좋은 세상이라는 걸 알 수 있으리라 믿는다.

책을 읽읍시다

공부를 많이 한 사람과 책을 많이 읽은 사람.

이들 중 누가 더 인생의 깊이를 알고, 더 행복한 삶을 살아갈까?

이제 대한민국에서 배우지 못한 사람은 거의 없다. 문맹률이 제로에 가까운 나라이다. 우리나라의 교육열은 선진 외국에서도 부러워할 정도라는 건 모두가 아는 사실일 것이다.

그런데 독서는 어떠한가? 내 아이들의 경우, 공부도 제법 했었는데 그에 비해 독서량은 너무 형편없는 것 같다. 학교에서 배운 책 말고는 다른 서적은 거의 읽은 적이 없는 모양이다. 입시 위주로 편향된 우리 교육과정에 상당한 문제가 있다는 건 어제오늘의 얘기가 아니다.

왜 독서의 중요성은 학교에서 가르치지 않는 것일까?

광화문 교보문고에 적힌 말이 있다.

"사람이 책을 만들고 책은 사람을 만든다."

책에서 세상을 배운다. 경험이 중요하다는 사실은 대부분의 사람이 인식하는 일이다. 경험이 결국 지식이기 때문이다. 직접경험이면 좋겠지만 세상일을 모두 직접경험으로 체험할 순 없는 일, 대부분은 간접경험으로 알 수밖에 없는데, 그중에 가장 유익한 게 독서라고 단언하고 싶다.

백 세에 가까우신 김형석 교수님의 강좌에서 "공부는 대학을 졸업하고 하는 게 진정한 공부다"라는 말에 깊이 공감한다. 동시에 우리의 부끄러운 현실을 돌아보지 않을 수 없다.

"식용유보다 등유에 돈을 써라." 탈무드에 나오는 말이다. 먹는 것보다 불을 밝혀 공부하는 데 더 노력을 기울이라는 유대인의 살아 있는 교육이다.

사실 교육이나 지식수준은 우리도 그에 못지않다. 하지만 우리는 그들보다 한참 떨어지고 어쩌면 영원히 따라가지 못할 수도 있는 것이 하나 있다. 그것은 바로 '교육과 현실의 괴리'이다.

그럴듯한 공부를 했지만, 현실은 너무나 다르다. 그러다 보니 사회에 나오면 다시 배워야 한다. 가정에서도 마찬가지이다. 부모는 자식이 바르게 자라기를 원하고 또 바른 것을 가르치려 노력하지만, 정작 본인들의 행동은 그렇지 못하다. 그것을 자식이 철이 들면서 알게 된다면… 한 이야기가 떠오른다.

목욕탕 탕 안에서 아버지가 어린 아들을 탕 안으로 들어오게 하려고 타일렀다. "뜨겁지 않으니 들어와." 아이가 그 말을 믿고 무심코 들어갔다가 뜨거운 물에 놀라 뛰쳐나오면서 이렇게 말했다. "세상에 믿을 사람 아무도 없네!"

우리는 이 말을 농으로만 들을 일이 아니다. "물이 뜨겁지만 참으며 들어와서 조금만 있으면 좋아질 것이다." 이렇게 말했다면 어땠을까? 조금 귀찮더라도 그렇게 사실대로 가르치는 게 옳지 않을까?

서두에 언급한 것에 답할 차례이다. 책은 간접경험이다. 하지만 직접경험보다 훨씬 다양한 삶의 지식을 쌓을 수 있다. 내가 모르는 세상을 경험할 수 있는 게 책이다. 그렇게 모르는 세상을 접하면서 나 자신을 알아간다. 그래서 독서는 학교 공부에서 배우는 지식하고는 비교하기 어려운 것이다.

살아온 인생을 돌이켜 보면서 후회하는 일은 없다. 혹시라도 미련이 남는 것을 꼽자면 일찍부터 책을 많이 읽지 못했다는 것이다. 좀 더 일찍 책을 접했더라면, 더 큰 세상을 바라볼 수 있는 안목이 생기지 않았을까 하는 안타까움이 있을 뿐이다. 이 책을 읽는 독자 중에 어린아이를 둔 부모님 계신다면, 아이가 어릴 때부터 독서하는 습관을 가르쳐주시길 간절히 부탁드린다.

독서도 습관이기 때문이다. 어릴 때부터 책 읽는 습관을 들인다면, 그 아이의 인생은 분명 행복이 넘치는 인생이 될 것이고, 또한 보다 크고 넓은 가슴으로 세상에 기여하는 삶을 살 것이라 확신한다.

내 삶의 현주소

○

노가다 · 1

아침 7시, 처진 어깨를 하고 터벅터벅 집으로 돌아온다. 일감이 없어서이다. 삼월이 시작된 지 4일째인데 겨우 하루 일했을 뿐이다. 추운 겨울을 견딜 수 있었던 이유는, 따뜻한 봄을 기대했기 때문인데, 봄과 함께 일이 없다는 현실이 마음을 더욱 무겁게 한다.

4시 50분 기상, 서둘러 씻고 밥 먹고 집을 나선다. 운동 삼아 30분을 걸어서 출근, 여전히 아침 공기는 상쾌하다. 걷다가 마주치는 사람들, 그들 중 상당수가 나와 같은 직업의 사람들이다. 아직 어두운 거리지만 멀리서도 그들을 알아볼 수 있다. 처진 어깨, 힘들어 보이는 걸음걸이…

5시 50분 인력사무실 도착, 제법 많은 사람이 자리를 잡고 있다. 그들과 가벼운 눈인사를 나누고 나도 자리에 앉는다. 하나둘 이름이 불리지만 내 이름은 결국 들리지 않는다.

6시 40분 남겨진 몇몇 사람들과 함께 돌아서 나온다. 퇴근하는 것이다. 간혹 그들과 함께 새벽시장에서 막걸리 한잔하고 헤어지기도 했었는데, 오늘은 아무도 그렇게 말하는 사람이 없다. 같은 방향 일행의 차를 타고 올 수 있어 그나마 다행이다.

맞지 않은 옷을 입은 것 같았던 부동산 중개업 10년 접고, 친구 따라 강남 가듯 하던 네트워크 사업도 정리하고, 마지못해 시작한 일이 벌써 2년이 다 되어간다.

새벽에 출근해서 사무실 관리자에게 뽑히면, 현장으로 이동하여 그곳에서 하루 일을 하게 된다. 일을 마치면, 대부분 현장과는 상관없이 인력사무실에 다시 와서 수수료 공제한 일당을 받아 간다.

어쩌면 상당히 긴 하루지만 그날 일한 돈을 바로 받을 수 있다는 게 매력이다. 하루하루 일한 만큼 일당을 받아본 적 없는 나에게는 새롭고 기분 좋은 경험으로 다가온다. 결국 부지런히 출근하는 사람이 그렇지 않은 사람보다 더 벌 수 있는 게 이 일이기도 하다.

좋게 표현해서 말하는 '일용직 근로자' 그중에서도 특별히 잘하는 기술이 없어서 어느 집단(목수, 미장 등)에 속하지 못하고, 그 사람들 뒤에서 심부름하거나 청소 등 잡일을 하는 사람, 그냥 말 그대로 '잡부'지만 이제는 그 사람들의 면면도 상당히 다양해졌다.

평생을 이 직업에 종사해 온 사람들부터, 회사에서 쫓겨났거나 퇴직 후의 근로자들, 이런저런 사업 하다 재미 못 본 사람들, 자기 이름 제대로 쓰기 힘든 무학자에서부터 대단한 학력의 소유자까지… 제법 다양한 부류의 사람들이 모인 집단이다.

이 직업이 언제부터 생겨났는지는 모르겠지만, 여전히 변치 않는 한 가지는 '을'이다. 세상 직업군 가장 아래에 있는 '을 중의 을'이다. 모든 사람이 천대시하고 멸시하며, 몇 시간을 일해야 정당한 임금을 받을 수 있는지조차 모른 채, 그렇게 시키면 시키는 대로 일만 한다.

종일 열심히 일했으면서, 욕먹지 않고 마친 걸 그나마 다행이라 안도하며, 퇴근 후 동료들과의 막걸리 한 잔으로 시름 달래고, 기약할 수 없는 내일이지만 그래도 그렇게 내일을 기대하며, 힘든 발걸음으로 집으로 돌아가는 사람들.

나는 지금 그들과 함께 있다.

내 이름은 '노가다'이다.

어머님 표 커피 한 잔

비 와서 쉬는 날 아침, 여유롭게 마시는 따뜻한 커피 한 잔. 전날의 모든 피로를 풀어주는 청량음료이고 피로회복제이다. 어머님이 끓여주시는 설탕 듬뿍 넣은 커피가 말이다.

혼자되기 전부터 들어와 살기 시작한 어머님과의 동거가 10여 년이 되었다. 남들은 팔순 노모 모시고 산다고 효자라고들 하는 모양인데, 사실은 아니다. 모든 걸 다 잃고 혼자되어서, 어머님께 의탁해 살 뿐이다.

간혹 스스로 한심한 생각이 들기도 하지만 좋은 점이 많다. 잠잘 곳 확실하고 밥 굶지 않는다. 언제나 꼬리 흔들며 반겨주는 강아지가 있어 즐거운 집이다.

무엇보다 어머님이 좋아하신다는 게 기쁘다. 대화를 많이 하지는 않지만 혼자 계실 때보다 기분이 좋으신 건 분명한 것 같다.

한때는 우리 집에 친구분들이 많이 모여서 동네 노인당 같았었는데, 요즘은 대부분 돌아가시고, 간혹 이사 가신 분들도 계셔서 많이 적적해하셨는데, 못난 자식이나마 옆에 있으니 위안받으시는 모양이다. 노인의 죽음 중에 가장 높은 비율을 차지하는 게 고독사라는 데, 나 때문에라도 고독하지 않으셨으면 하는 바람이다.

하지만 좋은 일만 있는 건 아니다. 다투기도 자주 한다. 나는 지금부터의 미래를 얘기하고, 당신께선 과거만 회상하시기 때문이다. 다가올 미래보다 살아오신 과거가 훨씬 긴, 인생을 정리하는 과정에 계신 분의 마음을 이해해 드려야 하는데, 그게 쉽지가 않다.

이제는 '효도'라는 개념이 젊은이들에겐 생소하게 들릴지 모르겠지만, 내가 느끼는 효도는 간단하다. 상대를 이해하고 배려하는 데서부터 시작이다.

부모님은 대화를 원하는데 돈을 쥐여드리면 무엇하고, 여행하고 싶은데 집에서 편히 쉬시라고 하면 기쁘겠는가? 문제는 대부분의 부모님은 그런 내색을 안 하시기 때문인데, 방법은 한 가지, 지속적인 관심을 가지는 것이다. 그것이 내 부모를 고독하지 않게 하고, 그것 때문에 돌아가시는 일이 없도록 하는 가장 좋은 방법이다.

내 어릴 적 한참 말썽을 부리고 다닐 무렵, 어느 날 하루는 조용히 부르시더니, "너 누구누구랑 놀지 마라." 하셨다. "왜요?" 되물었더니 이렇게 말씀하셨다. "너 때문에 네 친구까지 잘못되는 건 볼 수 없다."

그때는 잘 이해하지 못했지만, 아직도 내 머릿속에 생생하게 각인된 그 말씀. 그 말씀 하나로 지금의 내가 있다. 그 말씀 하나로 남을 탓하지 않았으며, 그 말씀 하나로 내 자식을 키우고 가르쳤다.

누가 설탕이 몸에 나쁘다고 했던가? 누가 커피가 안 좋다고 했던가?

오늘 아침에도, 설탕이 듬뿍 들어간 어머님 표 커피 한 잔이 피로에 찌든 온몸을 녹여준다.

사랑은

수년 전, 딸아이가 어디서 강아지 한 마리를 데려왔다. 젖을 갓 뗀 못생긴 잡종견인데, 골프장 부근에서 야생이다시피 살던 개가 낳은 강아지란다. 잘생기고 튼튼한 놈들은 다 분양되고 몇 마리 남지 않은 가운데, 약하고 못생겨 불쌍해서 데려왔다는 거다. 그런 강아지를 씻기고, 닦고, 병원에 데려가서 이것저것 예방주사 맞히며 살뜰히 보살핀다.

그러다가 취직이 되어 먼 곳으로 가게 되면서, 우리(이하 어머니와 나)가 키우고 있는데, 한 5년째 아무 탈 없이 건강하게 잘 자라고 있다. 물론 사료라든지 다른 용품은 딸아이가 수시로 보내 주고, 짬짬이 와서 보살피기도 한다.

서두에 이렇게 강아지 이야기를 하는 이유는, 딸아이와 우리의 다른 강아지 사랑에 관하여 이야기해 보고 싶었기 때문이다.

우리도 당연히 강아지를 좋아하고 사랑한다. 5년여를 키우면서 정이 많이 들었기도 하거니와, 외출하고 돌아올 때 꼬리치며 반겨주는 그 재롱은, 없었을 때와는 비교할 수 없는 상당한 기쁨이다.

그런데 문제는, 이 강아지가 많이 짖는다는 것이다. 사람을 문다거나 사납지는 않은데 자주 시끄럽게 짖는다. 어릴 적 트라우마가 있다는 걸 들었는데, 그래서인지 유난히 무서움을 많이 타는 것 같다. 낮에는 물론이고 밤에도 간간이 짖어 대기 때문에, 주위 사람들에게 핀잔을 들을 때가 가끔 있다. 그럴 때면 어머니는 동네 사람들에게 욕먹기 싫다고 다른 사람 줘 버리려고 하신다. 나 또한 싫어지기는 마찬가지다.

그러니까 예쁜 짓 할 때는 한없이 예뻐하다가도, 조금이라도 미운짓 하면 싫어진다.

그런데 딸아이는 어떤가? 직장 때문에 자주 오지는 못하지만, 오면 항상 목욕시키고 깨끗이 해서 같이 놀아준다. 그 행동이 강아지 데려오고부터 지금까지 변함이 없다.

지금은 그러지 않지만, 강아지가 어릴 적에는 옷을 물어뜯고 옷에 변을 보아도, 싫은 내색 전혀 없다. 오히려 물어뜯기 편하게 일부러 허름한 옷을 입는다. 조금이라도 강아지가 싫어할 만한 일은 안 한다.

그렇게 딸아이에게서 많은 걸 배운다. 우리가 강아지를 대하는 것은 그냥 '좋아하는 것'이다. 좋아하면서 때로는 미워할 수도 있는 것, 그런 것이지만 딸아이는 사랑이다. 한없이 주되 받으려 하지 않는 사랑인 것이다.

인간과의 관계에서도 그러기는 쉽지 않겠지만, 그런 것이 진정한 사랑이 아닐까 생각한다. 그래서 사랑은 힘들다. 인내와 절제가 필요하며, 일정 부분 희생이 따라야만 하는 일이다.

그래서 다분히 철학적이고 어려운, 이 '사랑'이란 개념을 설명한다는 건 건방진 일이겠지만, 한 가지 확실한 것은 이것이다. 우리가 살아가면서 사랑이란 단어를 마음속에 간직하고 또 그렇게 누군가를 사랑하는 삶을 산다면 언제, 어디서, 어떤 어려움이 몰려와도 이겨낼 수 있는 힘이 될 것이다.

배움에 관하여

"가장 지혜로운 사람은 가장 많이 배우는 자이다."

— 『탈무드』에서

학창 시절에 공부를 잘 못했다. 좀 더 솔직하게 말하면 하지 않았다고 하는 게 맞을 것 같다.

기성세대에 대한 원망과 분노가 너무나 강렬했기에, 열심히 공부해도 모자란 중고교 시절을, 온통 반항심으로 채우면서 공부는 할 생각도 못 했다. 그때는 무엇이 그렇게 나를 분노하게 했는지 제대로 인식하지도 못한 채, 주변의 기대와는 한참 멀어진 길을 걸어왔다.

그렇게 공부와는 담을 쌓으며, 어쩌면 불우한 청소년기를 거치다 보니 성인이 된 한참 후에도 후회와 죄책감으로 살아왔지만, 어느덧 노년기에 접어든 지금에 와서 돌이켜보면, 그때 하지 않은 공부가 상당히 다행(?)이라는 생각이 든다.

그때 하지 않은 공부 덕에 지금 이렇게 배움에 목말라 무엇이든 배우려고 나설 수 있는 것이다. 그때 열심히 해서 승승장구했더라면 교만과 편견으로 세상을 우습게 봤을 것이고, 어렵고 힘들게 살아가는 사람의 마음은 헤아릴 생각조차 못 했을 것이다.

역설이라 말할지 모르겠지만 나의 경우는 그렇다. 좁쌀만 한 식견과 넓지 못한 가슴으로, 세상을 품으려는 어리석은 생각을 했을지 모를 일이다.

공부는 세상에 나와서 하는 게 진정한 공부다. 무엇보다 알려고 하는 자세가 중요하겠지만 살아가면서 배우는 게 인생이다 (그렇다고 학생이 공부하지 않아도 된다는 얘기가 아니라는 건 알아주기를 바란다).

학생 시절에 공부하지 않으면 살면서 육체가 고달프다. 그래서 나는 지금 막노동을 하고 있다. 막노동이 부끄러운 직업은 아니지만 존경받을 만한 직업도 아니지 않은가? 잘 판단하시길 당부한다.

2년 전쯤 됐나? 막노동과 휴대폰을 판매하는 사업을 함께하고 있을 때의 일이다.

내 딸내미 또래의 젊은 엄마와 함께 휴대폰을 교체하러 온, 이제 초등학교 들어간다는 남자아이가 엄마 손을 잡고 내 눈치를 보며 하는 말. "엄마, 이 할아버지 불쌍하다."

할아버지라는 말이 아직은 생소한 말이기도 했지만, 무엇보다 '불쌍하다'라는 말이 마음에 걸려 조용히 물어봤다. "왜 불쌍해 보이니?" 그러자 자기 얼굴을 손으로 가리키며 말한다. "얼굴에 줄이 많이 있어요." "그래, 맞구나. 내 얼굴이 주름이 좀 많지." 그런데 주름이 많은 건 어쩔 수 없겠지만 진짜 불쌍해 보이는 이유를 다시 한번 되짚어 보니, 경직된 상태의 무표정한 내 얼굴 때문이었다. 좀 더 미소 띤 얼굴로 온화한 표정을 하고 있었더라면, 그런 말은 듣지 않았을 거라 생각한다.

표정이 얼마나 중요한지 다시금 절감하면서, 어린애의 눈으로 나를 되돌아보게 된 것이 정말 고마웠던 기억이 난다.

이렇듯 세상에는 배울 것이 너무 많다. 배우려고 마음먹으니, 온통 모르는 것이 투성이다. 운전하면서 양보와 배려를 배우고, 산을 오르면서 겸손을 배운다. 또한 반쯤 알면서 아는 척한다는 게 얼마나 부끄러운 일인지도 알아간다. 그래서 조금이라도 모르는 것이 있을 때는 확실히 알아가려고 묻기도 하며 공부한다.

실패를 거듭하며 죽음을 생각하다 보니, 오히려 살아 있음이 고맙다. 세상 만물이 다 고맙게 보인다. 이름 모를 들풀의 존재가 고맙고 나무 한 그루의 기여가 고맙다.

아침에 눈을 뜰 수 있어 고맙다. 오늘도 분명 좋은 일 가득하겠지만, 내 앞에 좋은 일 있길 기대하기 전에 내가 무언가 세상에 도움이 되도록 노력하자.

내가 누군가에게 도움이 되고 힘이 될 수 있다면 우선 내가 행복해진다. 내가 행복하면 주변을 밝게 만들 수 있다. 주변이 밝아지면 세상 또한 아릅답게 변하지 않겠는가.

바보라서 행복하다

세상을 살면서 복잡한 생각을 안 한다. 그러려니 하고 산다. 젊었을 땐 많이 분노하고 좌절하면서 살았지만, 이제는 부질없는 일이 돼 버렸다. 가까이 다가가면 멀어지고 그래서 멀리하면 어느새 다가오기도 한다. 돈도 그렇고 인생 또한 마찬가지다.

비우면 비로소 보인다는 수녀님 글도 읽어 보고 스님 얘기도 들어봤다. 그분들은 상당한 수양을 하신 분들이고, 현실 세계와는 조금은 거리를 두고 바라본 시각에서 하시는 말씀이지만 나는 현실에서 피 튀기며 싸워본 경험을 얘기한다. 그러니까 현실 세계의 패잔병(?)으로 하는 말이다.

위장을 비우면 몸이 편하다는 건 다 알고 있는 사실이지만, 가진 것을 비우고 마음을 비우면 정신이 맑아진다는 사실은 경험해 보지 않으면, 아니 바보가 아니면 알지 못할 것 같다.

일부러 비우진 않았지만 가진 것 없다 보니 아무도 나를 힘들

게 하지 않는다. 온종일 있어도 전화 한 통 없고 불러 주는 사람
또한 없다.

인생을 살면서 상대의 속마음을 알기란 쉽지 않다. 비워야만
비로소 볼 수 있는 특권이다. 좀 더 빨리 사람 마음을 알 수 있
었으면 여러 가지가 편했으련만, 늦은 나이이다 보니 상처가 많
이 남지만 그래도 공부는 많이 한 것 같아 좋다.

바보라서 즐겁다. 권력이 없으니까 그것에 빌붙어 청탁하는
비굴한 사람 알 필요 없고, 돈이 없어서 그 돈 지키려고 전전긍
긍하지 않아도 되고, 돈 빌려 달라는 사람 없어서 좋고, 그 때문
에 싸움질하는 자식들 이야기 남의 일이라서 좋다.

걱정이 없어서 좋다. 영리한 사람들은 걱정하겠지만 나는 걱
정이 없다. 사실 걱정을 한다고 문제가 해결되는 것은 아니다.
문제가 생기면 직접 부딪혀 풀면 그만이라는 게 내 생각이다.

비가 오면 노가다 하루 쉴 수 있어 좋고, 날씨가 좋으면 일할
수 있는 희망이 있어서 좋다. 세상이 밝게 보여서 정말 좋다.

인디언이 기우제를 지내면 꼭 비가 온다고 한다.

비가 올 때까지 지내니까.

"낙관주의자들의 생각은 대게 틀리다.

그러나 역사상 위대한 일은 언제나 낙관주의의 산물이다."

어디선가 읽은 것 같은 글 한 번 적어본다.

내가 바보가 되면 사람들은 나를 보고 웃는다.

내가 바보가 되면 좋은 사람은 내가 안타까워 남는다.

내가 바보가 되면 진짜 바보는 다 떠난다.

내 인생 절반 오기

인생을 남들보다 유별나리만큼 힘들게 살지는 않았지만, 그래도 나름 우여곡절을 겪으며 살아온 것 같다. 비교적 순탄하게 살다가도, 가끔 힘든 일을 겪었다. 신기하게도 힘든 일은 한꺼번에 몰려온다. 그래서 더욱 고통스럽다. 그런데 그런 힘든 일을 겪을 때마다 되살아나는 게 있다.

'오기'이다. 이 오기가 여태껏 나를 버틸 수 있게 해 준 힘이다. 돌이켜보면 나의 오기는 어쩌면 아주 무모한 것이기도 했고, 해서는 안 되는 것이기도 했지만, 내 생을 지탱해 준 삶의 원동력이었던 것만큼은 사실이다.

아내가 집을 두 번 나가고 다시 두 번 돌아왔을 때 "세 번째는 찾지 않겠다"라고 말했고 마지막엔 찾지 않아 결국 이혼했다.

어렵사리 책을 한 권 내서 건네줬는데, 쳐다보지도 않고 던져

버리고 나간 잘나가는 어떤 이가 괘씸해서, 제대로 된 책을 낼 결심을 했다.

막노동하면서 말도 잘 통하지 않는 중국인(조선족 포함) 아래에서 수모를 당하면서도, 그들에게 뒤처지지 않아야겠다는 생각으로 열심히 했다(그들도 머나먼 타국 땅에 와서 얼마나 설움이 있으면 나한테 이러나 싶어 조금은 이해하려 노력했었다).

돌이켜보면, 인생 전반이 이런 무모한 오기로 가득 차 있는 것 같다. 어른들과 기득권에 대한 반항이 온몸에 밴 청소년 시절부터 환갑이 넘은 지금까지도 세상에서 안 된다고, 하지 말라고 하는 걸 굳이 하려고 하는 무모함이 아직도 가득하다.

대신에 내가 한 일은 내가 책임진다. 한번 마음먹으면 어지간해서는 해내는 '독기'도 있다. 그리고 오래 버티는 '끈기' 또한 있는 편이다.

그 모두가 오기가 아닐까 한다. 오기가 있기에 끈기, 독기 또한 함께한다는 생각이다. 그런데 사실은, 세상을 오기로만은 살수는 없는 일이다. 오기라는 건 뭔가에 막혀서 그것을 헤치고 나가려 할 때 생기는 것이다. 그러니까 항상 도전 의식을 포함하고 있다. 좀 더 자극적으로 얘기하면 저항의 의미를 담고 있다고도 할 수 있는 것이다.

세상을 살면서 많은 풍파를 겪었지만, 내 인생 오기가 없었으면 어떤 삶을 살고 있을까 떠올려 보기도 하지만, 이제는 도전과 저항을 조금 내려놓고 보다 편하고 순탄한 삶을 살고 싶다. 이렇게 말하고 보니 아주 성공한 사람의 말을 하고 있는 것 같아 우습게 들릴 수도 있겠지만, 내가 말하는 순탄한 삶이란 세상에 저항하는 것만이 세상을 변화시키는 것이 아니라, 순응하면서 함께 바꾸어 나가는 것이 더 아름다운 세상을 만드는 데 동참하는 일이라는 생각이 들어서다.

백 번을 생각해도 오기는 나의 자랑이고 자부심이다. 그래서 이제는 내려놓을 때가 된 것 같다. 주변의 아무도 연관되지 않게, 누구의 마음에도 상처가 나지 않게, 나만의 가슴속에 조용히 그리고 깊이 품으려 한다.

태풍의 영향으로 비가 많이 온다. 추석이 지나고 시월에 접어들었음에도 태풍이 남았다는 게 의아하지만, 모쪼록 무사히 넘어갔으면 하는 바람이다.

까치가 지저귄다. 비가 와도 저렇게 쉴 새 없이 지저귀는 걸 보니, 오늘도 분명 좋은 일이 있을 모양이다. 능금나무 아래 팔베개로 누울 순 없는 날씨이기는 하지만 말이다.

나는 서울이 좋다

내 고향은 마산이다. 태어난 곳은 아니라도 초등학교 저학년 시절부터 살던 곳이라, 마산이 내 고향이란 생각은 변함이 없다. 그래서 내 고향 마산을 사랑한다. 아이들이 내가 다니던 그 초등학교를 졸업했고, 할머니, 아버지가 이곳에서 돌아가셨다. 전국 7대 도시의 명성을 자랑할 때도, 또 경남에서조차 명함을 내기 힘들게 됐다가, 그나마 남아 있던 이름마저 사라져버린 지금도… 그러니까 횟수로 약 60년 가까운 세월을 이곳 마산을 떠나지 못하고 있다.

2년 전 우연한 기회에 동생이 살고 있는 서울에 3개월 정도 머문 적 있다. 서울 근교에서 했던 군대 때 말고는 서울에 갈 기회조차 잘 없었기에, 그 3개월이 서울을 가장 오랫동안 경험한 것이다. 그런 내가 서울을 이야기한다는 건 조금은 생뚱맞을지 모르겠지만, 그때 느낀 서울은 말로만 듣던 것하고는 상당히 다른, 어쩌면 생의 또 다른 감동이었다는 게 솔직한 심정이다.

몇 해 전 세계적인 여행 정보 사이트인 론리플래닛이 세계 최악의 도시 아홉 곳을 꼽은 적이 있었다. 불명예스럽게도 서울이 3위를 기록했다는 소식이다. 선정 이유를 보자.

형편없이 반복적으로 뻗은 도로들과 소련식의 콘크리트 아파트 건물들이 있는 이 도시는, 심각한 환경오염 속에 마음도 없고 영혼도 없다. 숨 막힐 정도로 특징이 없는 이곳이, 사람들을 알코올 중독자로 몰아가고 있다.

—정희재, 『어쩌면 내가 가장 듣고 싶었던 말』 중에서

위의 글처럼 대부분의 사람이 서울을 살기 힘든 곳으로 생각하는 것 같다.

내 친구 중 어떤 이는 어쩌다 서울에 가더라도 며칠을 견디지 못하고 내려오기 일쑤다. 답답해서 못 살겠다고 한다.

하지만 나는 다르다. 어쩌면 그와는 반대일지 모른다. 우선 출근길 지하철에서의 활기찬 모습이 보기 좋다. 걷지 않고 뛰는

모습이 좋고, 살아 있는 눈빛이 좋고, 젊음의 힘이 느껴져 정말 좋다. 그래서 나까지 젊어진 기분이다. 문화시설, 의료시설 등 사회적 인프라가 잘 갖춰져 있어 좋고, 교통시설 또한 잘 되어 있어 차가 없어도 불편한 점을 못 느낀다.

강남의 점심 식사 한 끼 값이 우리 동네보다 싸다는 사실이 놀랍다. 물론 식당마다 다 차이는 있겠지만, 그만큼 마음만 먹으면 무엇이든 할 수 있고, 많은 혜택을 누릴 수 있는 곳이 바로 서울이라고 생각한다.

이처럼 서울을 좋게 보고 살기 쉬울 것처럼 생각하게 된 동기는, 아마도 약 3개월여의 '객관적인 삶'이었기 때문일 거다. 여행하듯 짧은 경험이었기에 그런 생각을 할 수 있었는지 모르겠지만, 지금이라도 여건이 허락한다면, 좀 더 오래 살아보고 싶다는 생각을 지울 수 없다. 우리 나이가 되면 시골로 가고 싶어 하고, 그곳에서 흙냄새 맡으며 살고 싶어 한다는 것도 알지만…

인생을 남들처럼 치열하게 살지 못했기에, 지금부터라도 더 적극적으로, 보다 열정적으로 살고 싶은 욕망이다. 수구초심(首丘初心)이라는 옛말은 수십 년 후에 생각해 보기로 하고…

서울을 좋아하는 이유 중 또 하나는, 나 말고는 주변을 별로 의식하지 않는 게 참 좋아서다. 주변을 의식하지 않고 나만의 방식으로 소신을 갖고 사는 게 보기 좋다. 그것이 대도시만의 이기적인 삶이라고 생각할지 모르겠지만, 남 피해주지 않으면서 이기적으로 산다는 건 좋은 일이라 생각한다. 남을 의식하며 남과의 비교로 인생을 허비하는 일은 없을 거니까 말이다.

인간은 원래 이기적인 동물이다. 이기적으로 태어났고 이기적인 게 극히 정상이다. '나만' 생각하는 이기(利己)가 아닌, '나를' 생각하는 이기라면, 언젠가는 나 아닌 남을 생각하고 배려할 수 있으리라 믿는다. 내 인생의 소중함을 아는 사람이 남의 인생도 존중할 수 있는 법이다.

서울 사람이 이기적인 건 맞지만 배타적이지는 않은 것 같다. 그래서 서울엔 사람이 끊이지 않는다. 사람 사는 세상에 나와 말투가 다르고, 모습이 다르다고 다른 이를 배척한다면, 세상은 많이 삭막해질 수밖에 없다.

이곳 마산은 언제부터인가 많이 배타적으로 변한 것 같다 안타깝다. 인정 많고 사람 냄새 나는 곳이었는데, 이웃의 갑작스러운 발전에 의한 '상대적 박탈감' 때문인진 모르겠지만… 그래서 점점 힘을 잃어 가고 있는 것 같다.

서울처럼, 서울 사람처럼 힘차게 걷고, 그래서 활력이 넘치는 도시의 모습을 기대해 본다.

비워야 비로소 보이는 것들

세상을 만만하게 보고 살았다. 세상이 항상 내 편이고 시간은 나를 위해 기다려 줄 거라 생각했다. 돈을 무서워하지 않고 돈으로 무엇을 하겠다는 생각도 못 한 채, 있으면 즐기고 없으면 굶으며 내일이 없는 삶을 살았다.

그렇게 철없이 살아온 세월이 수십 년. 당연히 많은 걸 잃었다.

죽을 만큼 아픈 고통도 흐르는 세월과 함께 바래져 가고, 이제는 그 모든 일들이 아련한 추억이 되어 다행이다.

비우면 사람이 보인다. 우선 가까운 사람들의 속마음을 알게 된다. 내가 가진 것이 없으면 어쩔 수 없이 부탁을 하는 경우가 생긴다. 그럴 때 그 사람의 진심을 알게 된다. 어려울 때 친구가 진짜 친구라는데, 바꾸어서 말하면 어려울 때 부탁을 해야만 진정한 친구를 알 수 있다.

평소엔 그런 속마음을 알 필요도 없고, 또 그렇게 사는 게 편할지 모른다. 하지만 주변 사람의 진심을 안다는 건 큰 자산이다. 잘못 살아온 나 자신을 돌아볼 수 있다는 것 또한 다행이다.

비우면 건강이 보인다. 내가 가진 것이 없으면 주변에 사람이 남지 않는다. 아무도 찾아 주는 사람 없고 종일 있어도 전화 한 통 없겠지만, 그렇다고 가만히 있을 수는 없는 일이다. 어떤 일이든 찾아서 해야 한다(실패했다고 낙담하고 죽음을 생각하는 사람은 논외로 하자).

아무도 찾지 않으면 그때가 자기를 관리할 최고의 기회이다. 자기관리의 최고는 단연코 운동이다. 억지로라도 땀 흘리며 운동하다 보면, 그 순간 모든 잡념 모든 괴로움 다 잊게 된다. 그렇게 하루하루 지나다 보면 조금씩 밝아 보이는 세상을 만나게 될 것이고, 그러다 보면 어느 순간 몸뿐만 아니라 마음까지 건강해진 나를 발견할 수 있을 것이다.

한때는 "건강이 최고다"라는 말을 여유 있는 사람들이 하는 사치스러운 말이라 여겼지만, 이제는 그 뜻을 실감하고 있다. 건강하면 자신감이 생기고 얼굴이 밝아진다. 밝아진 얼굴로 세상을 대하면 세상도 밝게 다가온다.

비우면 세상이 보인다. 일부러 비우긴 어렵겠지만 비우면 세상이 보이기 시작한다. 지금까지 살아온 방법과는 다른, 보다 객관적인 새로운 느낌의 세상이 보인다.

서두에도 언급했지만 때론 세상을 원망하며, 때론 자신을 학대하며 아무런 생각 없이 살았지만, 이제는 조금씩 세상이 보인다. 나 자신이 존재하는 이유를 찾고 싶고 존재의 가치를 알고 싶다.

세상이 나를 버리면 내가 세상을 바꾸면 된다. 세상은 내가 보는 시각에 따라 바뀌게 돼 있다. 원망하는 세상은 절망이 보일 것이고 밝게 보는 세상은 희망이 보인다.

세상이 나를 우울하게 바라본다면 내가 세상을 뒤집어 버리자. 내가 없으면 세상은 존재하지 않는다. 이 또한 비로소 깨달은 것이다.

남의 일을 내 일처럼 한다면

종사자로서 급료를 받으며 살아본 적이 거의 없다. 그러다 보니 막노동하면서 하루하루 일한 돈을 받는다는 게, 조금은 생소하면서 재미있게 느껴졌지만, 하면 할수록 궁금한 것이 있다.

'내가 돈을 주고 시키는 일은 무엇이고, 돈을 받고 하는 일은 무엇인가?'

'내 일과 남의 일은 무엇이 다른가?'

그런데 의외로 쉽게 답을 찾을 수 있었다. 결론은 지금 하는 일이 '내 일'이라는 것이다. 내가 돈을 주고 시키는 일이나, 돈을 받고 하는 일이나 지금 하는 일이 내 일이다.

노가다의 하루는 힘들고 지겹다. 일하러 나가서 하루만 보내고 오면 된다고 생각하는데, 그 하루가 정말 지겹다. 시간만 보내면 된다는 안일한 생각이 사람을 더욱 피곤하게 하는 모양이다.

시키는 일만 하고 머리를 쓰지 않아도 되고, 그래서 적당히 시간만 때우고 오면 되는 것 같아서 처음엔 제법 재미있게 일했었는데, 가면 갈수록 지겹고 힘들어진다. 노예근성이란 말을 하는데, 정말 내가 그 '노예근성'에 사로잡혀 사는 게 아닌가? 하는 생각을 하게 된다.

하지만 그래도 내가 해야 할 일이 있기에, 목표가 있기에, 여기서 멈출 수는 없는 일이다. 그래서 내 안에서 답을 찾으려 해 본다.

그것이 서두에 언급한 '내 일'. '남의 일'이다. 지금 하고 있는 이 일이 내 일이라는 생각에 다다르자 모든 건 쉽게 풀어진다. '내 일을 지금 내가 하고 있는 것이다. 예전엔 내 일도 잘하지 못했었는데, 지금부터라도 내 일을 내가 제대로 해 보자.' 그렇게 생각하니 마음이 한결 가볍다. 힘이 적게 드는 것 같고 시간도 잘 간다. 그렇게 일하는 보람을 알아간다.

노가다가 보람 있는 직업이라고 한다면 다른 사람들은 웃을지 모르겠으나, 지금 같이 일하고 있는 나의 동료들, 특히 나와 친하게 지내는 동료들은 조금은 수긍할 것이라 믿으며, 그동안 느꼈던 직업인으로서의 보람을 말해 보겠다.

돈의 가치를 알 수 있게 해줘서 좋다.

육십 평생을 살면서 돈의 가치를 잘 모르고 살았다. 젊었을 때나 비교적 나이가 든 최근까지도 그렇게 돈을 모르고 살았다.

쉽게 번 돈도 아니면서 그 가치를 모르다 보니, 아무렇게나 쓰면서 결국에는 후회하는 인생을 살았지만, 이제는 노동의 가치, 땀의 가치를 알아간다. 무엇보다 돈의 유용성과 돈을 써야 할 곳을 알 것 같아 좋다. 그렇게 돈을 벌어야 하는 이유도 알아가는 셈이다.

노가다는 정직한 직업이다.

인생을 살면서 남들에 비해 많은 직업을 가져 봤다고는 말하지 못하겠지만, 그래도 제법 여러 가지의 일을 해봤는데 이렇게 정직한 일은 처음이다. 일하면 돈 벌고 하지 않으면 굶는다. 일한 만큼, 땀 흘린 만큼 돈 받는다. 남 속이지 않고 능력만큼 대접 받는다는 게 쉽지 않다는 건, 일하면서 터득한 진리이다.

정직하게 살고자 했고, 또 평생을 그렇게 살아왔다고 자부하는 나의 인생과 많이 닮아있다고 생각한다. 그래서 더 좋다.

마지막으론 당당함이다.

세상에서 가장 천대 받는 노가다를 당당한 직업이라고 한다면 혹자는 어떻게 생각할지 모르겠지만, 나로서는 정말 당당하다. 몸이 건강하기에 힘을 쓸 수 있고, 마음이 건강하기에 남들이 꺼리는 일을 할 수 있다. "지금 하는 일"을 물었을 때, "내 직업은 노가다"라고 말하는 내가 그래서 좋다.

오늘도 내 몸에서 쉰내가 난다.

땀을 유달리 많이 흘리는 내가 조금은 야속하다. 그래서 버스 타기가 두렵지만, 별수 없이 버스를 타야만 한다. 출근할 땐 30분 거리를 걸어서 왔지만, 갈 때는 지쳐서 걸어가기는 너무 멀고, 택시 타기는 아깝고…

오늘은 승객이 좀 적으면 좋으련만…

약속

세상을 살면서 인간관계를 이어주는 다양한 매개체가 있겠지만, 그중 가장 기본이 되는 것이 있다면, 그 무엇도 아닌 약속이다. 조그만 약속들이 모여 신용이 형성되고, 그 신용이 쌓이면 신뢰로 이어진다.

어떤 얘기를 해도 믿을 수 있는 사람이 있고, 무슨 말을 해도 못 믿을 사람이 있는 것도 애초에는 약속이다. 그 약속을 무조건 지키려고 하는 사람이 있는 반면, 약속을 해 놓고도 대수롭지 않게 어기기를 반복하는 사람이 있다.

물론 상대를 무시한다든지, 자기를 과시하기 위한 수단으로 이용한다든지, 다양한 심리 상태가 작용하겠지만, 약속을 어긴다는 그 자체가 대인관계의 결격사유가 된다는 건 자명한 사실이다.

종교가 없는 나는 기도를 잘 하지 않는다. 다만 다짐할 뿐이다. '무엇무엇을 해주세요. 무엇을 하고 싶습니다.'가 아니라, '무엇을 하겠다. 어떻게 되겠다.'고 다짐한다. 그 다짐이 약속이다. 나와의 약속, 약속 중에 가장 중요하다고 생각하는 나와의 약속을 지키기 위해 끊임없이 다짐하고 또 해도, 그 약속 지키기가 정말 어렵다. 상대가 없고 또한 책임질 일 없기 때문이어서인진 모르겠지만, 지나고 나면 결국 나와의 약속을 가장 많이 어겼다는 걸 알게 된다.

상대가 있는 약속도 마찬가지이다. 중요하다고 생각하는 약속을 많이 어겼다. 내 자식과의 약속은 절대 어겨서는 안 되는 약속이라고 생각하는데, 그 자식들과의 약속도 많이 어긴 것 같다.

신용은 꼭 지켜야 할 가치라 생각하고, 그것만큼은 잃지 않으려 노력했는데, 지금은 '신용불량자'이다. 생애 처음으로 투자한 부동산이 IMF를 맞으며 잘못되다 보니, 그 계기로 해서 계속 어렵게 됐고 여기저기 금융권에 채무가 쌓여, 결국 채무불이행 상태에 놓였다. 그런 금융권의 부채는 논외로 하더라도, 어쩌면 영원히 지울 수도, 갚지 못할 수도 있는 안타까운 빚도 있다.

10여 년 전 부동산 중개업을 하던 중, 재력 있는 친구에게 일정액의 돈을 꿨다. 그중 일부 금액은 갚고 나머지를 갚지 못하던 중 자금 사정이 더 나빠져 다른 친구에게 돈을 부탁했더니, 그 친구를 통하여 또다시 약간의 돈을 빌려준다. 갚지 못한 돈이 있어 그 친구에게는 돈 얘기를 꺼내지도 못하고 있었는데 말이다.

그러던 중 그 친구가 큰 병에 걸려 시한부 선고를 받게 된다.

그때부터 마음이 바빠진다. 아무리 재력이 있는 친구라도 큰 병에 돈이 많이 들어갈 거고, 내가 친구로서 제대로 도움은 못 주더라도 그 돈만은 갚아야 할 텐데…

나날이 사업은 힘들어진다. 워낙에 수완이 없었기도 하거니와 마음이 급하니까 더더욱 어렵다. 아무리 따져 봐도 수중에 돈 한 푼 없고, 현금화할 수 있는 부동산도 남아 있는 게 아무것도 없다. 타고 다니던 차마저 캐피탈에서 가져가고 없는 입장이다.

여러 가지 궁리를 하던 중에 어머님 집이 생각난다. 아버님이 돌아가시며 남겨 놓으신 집. 물론 그 집도 내가 일부 대출을 받아쓰고 있지만, 잘하면 추가로 얼마는 더 가능할 것 같은데… 많은 고민을 했지만 차마 어머님께 말씀드릴 엄두를 못 내던 와중에, 그 친구가 결국 세상을 떠났다.

그 아픈 기억이 가슴에 멍이 된 지도 벌써 5년이 지났지만, 아직도 그때 나의 행동, 나의 처신이 어떤 게 옳았는지 정답을 내리지 못하고 있다. 다만 어려울 때 도와준 고마운 친구를 배신할 수밖에 없었던 나의 무능함과 무책임에, 다시 한번 아픔을 곱씹고 자책하면서, 나 죽기 전에 그 친구의 자식에게라도 갚을 수 있길 희망할 뿐이다.

아무리 정직하게 살고 의리를 지키며 살았다고 하더라도, 단 한 번의 실수가 평생을 죄책감으로 살게 한다는 걸 배웠다. 작은 약속이라도 지킬 수 없는 약속은 안 해야 하고, 약속했으면 지켜야 한다는 아주 단순한 진리를 다시 한번 깨우쳤다.

지금, 이 순간 못 지킨 약속은 없는지?

지키지 못할 약속을 한 건 없는지?

다시 한번 곰곰이 되짚어 본다.

친구 · 2

처음에 '친구'라는 주제로 글을 썼을 때, 안 좋은 친구 구별하고, 그런 친구를 멀리하라는 말을 했었다. 그러나 사실 처음부터 친구를 구별한다는 건 상당히 어려운 일이다.

언제 어디서 어떤 식으로 나타날지 모르는 게 친구이다. 느닷없이 나타나 어느 순간 멀어지기도 하고. 그렇게 평생을 함께하면서 자연스럽게 물들어 가기도 한다. 그 때문에 좋은 친구, 나쁜 친구를 처음부터 구별한다는 건 어쩌면 불가능할 수도 있고, 또 그런 것이 아무런 의미가 없는 일일 수도 있다.

그렇게 내 삶의 일부분이 되어 버린 친구. 친구의 안 좋은 점을 발견했을 때는, 이미 그 친구는 내 생의 한 부분이 되어 있다. 그런 친구를 멀리한다는 건 내 삶의 한쪽을 떼어내는 것이나 다름없다. 하지만 그런 아픔을 감수하고서라도, 좋지 않은 친구는 멀리해야만 한다는 게 살면서 배운 철학이다.

필자의 경우 사춘기였던 중고교 시절 사귄 친구들이 오래 가는 것 같다. 같은 동네 한 골목에 살면서 온갖 못된 짓하며, 부모님께 말썽만 피우며 다니던 시절, 그 시절의 친구들이 아직도 많이 보고 싶다. 물론 가까운 곳에 같이 살며 종종 만나는 친구도 있지만, 멀리 떨어져 생사조차 모르는 친구도 있다.

사실 그 시절 나는 나쁜 친구였다. 온갖 못된 짓의 중심에 있었으며, 동네 골목대장 노릇을 하며 싸움질도 많이 하고 다녔었기에, 그 친구들 입장에선 나쁜 친구였던 것만큼은 사실인 것 같다.

내가 그들에게 어떤 기억으로 남아 있는지는 모르겠지만, 그래도 잘한 것 몇 가지는 있다.

친구들이 대부분 나보다 일찍 결혼했었는데, 결혼하고 얼마 되지 않은 한 친구가 어느 날 갑자기, 이혼할 거라며 하루만 재워달라고 이불까지 싸 들고 우리 집에 찾아온 것이다. 애원하다시피 하는 친구의 부탁을 단호히 거절하며, 내쳐서 집으로 돌려보냈었다.

또 한 친구는 결혼하고서도 집에 들어오지 않고 외지를 돌아다니며 바람을 피운다며, 울면서 하소연하는 친구 부인의 이야기를 듣고, 또 다른 친구와 함께 그 친구를 찾아가 많이 나무라면서 어쨌든 이혼만은 말리려고 애썼던 기억이 난다.

그 이후로도 비슷한 경우가 몇 번 있었는데 대부분 좋게 해결된 기억이다. 그 친구들 지금은 다 잘살고 있다. 정작 친구의 이혼만은 막겠다고 설쳐대던 본인은 혼자 살고 있지만…

세상에 보람된 일을 한 기억이 별로 없어서인진 모르겠지만, 지금 와서 생각하니 그런 일들이 보람으로 남아 있다.

수년 전 혼자 객지에서 부동산 중개업하고 있을 때이다. 이혼 후 많이 괴로웠던 시절을 뒤로 하고, 아픈 기억이 잊혀서 조금씩 안정을 찾아가던 무렵이다.

썩 잘되진 않았지만, 그래도 나름 열심히 일하고 있었는데, 여러 가지 여건상 계속할 수 없는 사정이 되어 사업을 접고 돌아와야만 했었다. 그렇게 짐을 꾸려 이사를 하던 도중, 갑자기 현기증을 느끼며 쓰러질 뻔하였다. 그러다가 정신을 차리기를 몇 번을 반복했었다.

그래도 별문제 없이 이사는 마치게 되었지만, 왜 그런 일이 있게 되었는지 곰곰이 생각해 봐도 답이 없어, 인터넷에서 사례들을 뒤지니 '비타민 부족'이란다. 나와 증세가 똑같았기에 확신할 수 있었다.

그때까지만 해도 건강만큼은 자신했었는데, 혼자서 자취

하며 부족한 식단과 함께 무리한 운동을 한 것이 원인이었던 것 같다.

그 며칠 후, 우연한 기회에 친구들이 같이 모이게 되어, 그때의 얘기를 무심코 꺼냈었는데… 얼마 후, 한 친구가 한참을 안 보이더니 나타나, 나의 옆구리를 슬쩍 찌르며 건네주는 것이 있다. 비타민이 들어있는 영양제이다.

내게는 그런 친구가 있다. 그래서 정말 살맛 나는 세상이다.

아웃사이더

60년을 넘게 살았지만, 아직도 세상에 적응을 잘 못한다. 요즘은 내 말 내 주장을 잘 내세우지 않으려고 하는 게 다를 뿐이다. 그래서 친구들은 내가 많이 변했다고들 하는 것 같은데, 사실은 변한 건 아무것도 없다. 오히려 세상과 타협하지 못하는 성격은 더 깊어진 것 같다.

어릴 때 학교에서 배운 세상과 너무 다르기 때문이다. 어쩌면 아직도 초등학교에서 배운 그 도덕책에 매몰돼 있는지도 모를 일이다.

아마 중학교 다닐 무렵일 거다. 동네 아주머니들의 대화를 우연히 듣게 되었는데… "누구누구 아들이 취직됐다더라." "그래, 어딘데? 생기는 건 많은가?" 취직됐다는데 대뜸 '생기는 것'을 말한다. 처음에는 잘 알아듣지 못했지만, 가만히 생각해 보니 '뒷돈', '옳지 않은 돈'을 말한다는 걸 알 수 있었다.

그런 돈이 생기는 세상이 궁금하고 이상하게 들렸는데, 그것이 전혀 이상한 일이 아니라는 걸, 얼마 후 사회에 나오면서 알게 됐지만, 그것에 순응하지 못하는 건 아직도 여전하다.

지금은 봉급도 많이 오르고 해서 공무원이 최고의 직업으로 대접받는지 모르겠지만, 그 당시에는 상당한 박봉이었음에도 좋은 직장으로 취급되었던 이유가 이 '생기는 것' 덕분이었다고 말하면, 공무원을 퇴직한 내 친구들이 욕하려나…

지금도 다행스럽게 생각하는 것은, 공부를 열심히 안 한 덕분에(?) 고위직이나 권력을 경험하지 않았다는 점이다. 그랬으면 성품이 많이 바뀌었을 것이다. 인간은 '사회적 동물'이라는데, 그 사회에 적응하는 '동물'로 변해 있지 않았을까 하는 생각이다.

권력이 얼마나 큰 힘인지 직접 피부로 느끼지 못했지만, 살면서 많이 보아온 건 사실인데, 내가 그 권력 안에 있었더라면, 뉴스에 나오는 그런 사람들보다 더 추한 삶을 살았을지도 모를 일이다.

아웃사이더라서 좋다.

돈도 없다. 욕심도 없다. 눈치도 없다. 세상 물정도 모른다. 그렇다고 눈 흘길 마누라도 없다. 그래서 좋다. 평생을 그렇게 살아왔기에 이제는 없는 게 너무 많아 익숙해졌지만, 단 한 가지 아쉬운 점은 있다.

돈이 좀 있었으면 하는 바람이다. 돈을 많이 벌어 좋은 일 하고 싶다. 아픈 이웃, 어려운 이웃에게 도움을 주지 못하는 내 처지가 조금은 한심하게 느껴지는 건 사실이다.

노가다 하면서 만난 친구가 한 명 있다. 친구가 아니라 나와는 네 살 정도 떨어지는, 내 바로 아래 동생뻘 되는 사람이다.

둘 다 술을 좋아해서 일 마치고 술좌석을 간혹 함께하며 사는 얘기도 하다 보니, 내 삶과 비슷한 점이 많다. 열심히 직장생활을 하며 사 남매를 잘 키웠지만, 지금은 명퇴하고 집에 있으면서 돈 벌어오라는 아내의 등쌀에 못 이겨 일하러 나왔다는 것이다. 아내와는 그런저런 이유로 별거 중이라고 했다.

십여 년 전의 내 처지가 떠올라 안타깝기도 해서 이혼만은 하지 말라고 많이 타이르면서 가까이 지내게 되었다.

만나고 한 달 정도 됐을 무렵이다. 돈을 좀 빌려 달라는 거다. 그래서 몇십만 원을 빌려줬다. 그런데 채 보름도 지나지 않아 돈을 좀 더 빌려 달라는 것이다. 그전 것도 갚지 않은 상태였기에 내키진 않았지만, 그 친구의 안타까운 사연을 알기에, 있는 돈 탈탈 털어 백만 원을 맞춰서 빌려줬다. 한 달에 한 번 조금씩 나눠 갚으라고 하면서…

그런데 갚기로 한 첫 달에 연락이 없어 전화하니 받지를 않는다. 그 이후로 여러 달이 지났지만 아직도 감감무소식이다.

어쩔 수 있나. 할 수 없지… 다만 내게는 전 재산이었던 그 돈이 그 친구에게 더 유용하게 쓰였길 바랄 뿐이다. 덕분에 이혼은 안 했으면 하는 바람과 함께…

음주운전의 기억

1980년대 후반쯤, 결혼한 지 얼마 되지 않던 30대 초반. 저녁 무렵 일을 마치고 술에 취한 채 차를 몰고 집으로 돌아오는 중이었다. 죄의식도 없이!

집 근처에 와서 임신한 아내를 위한답시고, 과일을 사서 다시 차에 탄 것까지는 기억이 나는데, 그 이후론 어떻게 된 건지 잘 모르겠지만, 마주 오던 택시와 충돌하는 사고가 났다.

결국 그렇게 면허가 취소되고…

그 후 면허는 다시 취득해서 올해로 정확히 30년째다. 그 이후 30년을 음주운전 한 적이 단 하루도 없다고는 말 못 하겠지만, 그 경험을 교훈으로 술 한 잔이라도 마셨으면 운전대를 잡지 않으려고, 정말 많은 노력을 하면서 아직도 무사고 운전을 이어가고 있다.

인생을 살면서 스스로 잘한다고 자랑할 만한 게 있다면 사실은 운전이다. 영업용 15년을 포함한 30년 무사고 운전을 그나마 자랑으로 여기고 있는 데는, 그 부끄러운 과거가 한몫한 것 같다. 그런 과거가 없었다면 아직도 음주운전의 폐해를 실감하지 못하고, 운전을 우습게 여길 수도 있지 않았을까 하는 생각이다.

음주운전 사고 경험을 한 가지만 더 얘기하자면…

창원에서 식당을 하고 있을 때의 일이다. 애들이 초등학교 다닐 때, 창원에서 식당을 하며 마산 집으로 출퇴근하고 있었다. 당시에는 주말 아니면 방학 때, 간혹 애들을 불러 가게에 같이 있다가, 밤에 마치면 가족이 함께 퇴근하곤 했었는데, 그날은 아마 겨울방학 무렵이었던 것 같다.

그날도 변함없이 일을 마치고 애들을 태우고 함께 퇴근하고 있었는데, 같은 방향으로 가는 앞쪽의 차가 좀 이상하게 달리는 것이다. 오랜 운전 경험으로 볼 때 음주운전 아니면 그 이상일 수도 있겠다 싶어, 잠깐 지켜보다가 좀 빠른 속도로 피해서 와 버렸다.

그렇게 한 5분쯤 지났나?

교차로에서 신호대기를 하고 있는데 "꽝!" 하는 소리와 함께 뒤에서 우리 차를 들이받았다. 차 유리 파편이 튀면서 누군가의 머리에서 피가 나고, 애들의 울부짖는 소리와 함께 정신이 없는 와중에 내려서 보니, 아까 그 차이다. 그 차가 우리 차를 비롯한 여러 대의 차량과 연쇄 추돌한 것이다. 처음에 볼 때 운전이 이상하다고 느껴서 피해 왔었는데, 약간의 시간이 흐르면서 그 사실을 잊고 있을 즈음에 그런 일이 일어났다.

나중에 알고 보니, 내일모레 군에 입대해야 할 청년인데, 술을 마신 채 면허도 없이 아버지 차를 몰래 타고 나왔다는 것이었다.

다행히 우리 가족 모두 큰 부상 없이, 대부분 찰과상, 타박상 정도의 가벼운 상처만 입었지만, 차는 못 쓰게 돼서 폐차할 수밖에 없었다.

결국은 음주운전이다. 요즘 와서 처벌이 상당히 강해졌지만, 그래서 그나마 다행이지만 음주운전의 폐해는 말로 다 설명하기 힘들 정도이다.

술 마시는 사람치고 음주운전 한 번쯤 경험해 보지 않은 사람 없을 것이다. 한 잔 정도는 별문제 되지 않을 거라고 생각하는 사람도 있을 거다.

하지만 이제부터라도 생각을 바꿔야 한다. 음주운전도 중독이다. 한두 번 하다 보면 별 죄의식 없이 하게 되고, 그러다 보면 처벌을 받고서도 더 하게 되는 게 이것이다. 알코올 중독은 본인만 피해를 입으면 되지만, 물론 가까운 가족의 괴로움은 있지만, 음주운전은 그게 아니다. 본인뿐만 아니라 남, 그리고 남의 가족에게까지 피해를 주는 것이다.

세상에 태어나 빛이 될 만한 좋은 일을 못하더라도, 최소한 나로 인해 남을 피해 입히는 일은 없어야 한다는 생각은 변함없다. 그것이 인간이 지녀야 할 가장 기본적인 도리가 아니겠는가.

술과 내 인생

어제도 술에 취해 많은 실수를 했다. 친구들 송년 모임에서 나 혼자 떠들고 나 혼자 대취해서 다른 사람의 기분을 상하게 한 것 같다.

깨고 나면 후회하고 그래서 고치려고 많이 노력하지만 쉽게 고쳐지지 않는다. 술에 취하면 실수한다는 걸 모르지 않기에 상당히 신경을 쓰지만, 취하고 나서 상황을 통제하기가 여간 어려운 게 아니다. 특히 어제같이 기분 좋은 상황에서 가벼운 흥분은 알코올의 기운과 함께 자제력을 많이 잃게 한다.

어떤 이유에서든 여럿의 분위기를 망쳤다는 건 변명의 여지가 없는 일이다. 친구들께 다시 한번 사죄의 마음을 전한다.

누군가가 얘기했었지, 인류가 만든 발명품 중에 가장 뛰어난 것이 술이고, 최고로 맛있는 음식도 술이라고!

사람들은 술로 인해 웃고 노래하며 즐긴다. 괴로움을 잊게 해 주고 어려운 일도 쉽게 만들어 준다. 그렇게 다정스레 우리의 이웃으로, 연인으로 다가오지만 마지막엔 항상 욕을 먹는다. 술 때문에 몸을 버리고 술 때문에 패가망신했다고…

　그렇게 사람들은 술을 배신하면서 하기 쉬운 말로 이렇게 말한다.

　"술이 나쁘지, 사람이 나쁘냐? 모든 게 술이 잘못이지!"

　그런데 과연 술이 나쁜 것인가? 술의 입장에서 보면 정말 억울한 일이 아닐 수 없다. 자기는 항상 그 자리에 그냥 그렇게 있었을 뿐인데, 사람들이 자기들 마음대로 가져가서 즐기며 놀다가 나중에는 욕하며 잘못을 모두 덮어씌운다.

　물론 술이 우리에게 주는 폐해가 만만치 않은 것은 사실이다. 하지만 그것은 과하게 마시는 나 같은 일부 인간들의 잘못이지 술 그 자체가 잘못은 아니다. 적당하게 마시면 최고의 좋은 음식인 것만은 분명하다.

　내가 술을 좋아하는 이유 두 가지만 얘기해 보자면…

　우선 사람을 좀 더 솔직하게 만들어줘서 좋다. 나이가 들어가면서 부쩍 마음이 조급하고 옹졸해지는 것 같아, 그러지 않으려고 마음을 다잡아 보지만 쉽지가 않다는 걸 느끼는데, 그런 나를 이해하고 반기는 게 술이다. 한두 잔 하고 나면 배포가 커진다. 용기가 생기면서 더욱더 솔직해진다.

그래서 좋다. 나란 놈 원래 솔직한 놈이었는데, 어느 날부터인가 강자 앞에 비굴하고 약자를 포용할 줄 모르는 비겁한 사람이 되어가고 있다는 걸 문득문득 느낄 때면, 나 자신이 부끄럽고 초라해지는데 그런 나를 바로잡아 주는 게 술이다. 바른말 하면서 당당해진다.

그렇지만 그런 기분도 깨고 나면 후회하게 되고, 그렇게 취해서 했던 말들을 뉘우쳐 보지만, 그때 한 말 그때 한 행동들이 나의 진심이고 나의 본모습이었다는 것을 알고 스스로 위안으로 삼는다.

그리고 또 한 가지, 괴롭고 고달픈 인생살이 잊게 해 줘서 좋다.

아무리 현실이 고달파도 술 몇 잔에 금방 마음이 풀린다. 단 몇 잔을 마셨을 뿐인데 기분이 이렇게 좋아지는 건 술밖에 없는 것 같다. 술 때문에 위로받고 술로 인해 괴로움이 사라진다.

일찍부터 배워서 거의 일평생을 함께한 술, 그 술의 폐해와 고마움을 온몸으로 느낀다. 술로 인해 친구를 사귀었고, 술로 인해 사람을 알았다. 술과 함께 철학을 논하고 술과 함께 인생을 알아간다. 이제 술은 내 인생에서 떨어질 수 없는 인생의 동반

자이다.

　하지만 그럴수록 술에 의존하게 되는 내 인생을 돌이켜보면서, 이제는 의존하지 않고 함께 더불어 가는 인생을 살아야만 한다는 걸 실감한다.

　며칠 있으면 2020년. 예순도 중반에 접어든 인생이다. 즐겁게 마시고 기쁘게 취해야 한다. 취해서 하는 실수가 용서될 수 있는 나이가 아니다. 더 이상 죄 없는 술을 욕보여서도 안 된다. 평소의 말과 취해서 말이 달라서도 안 된다. 취해서 한 말을 책임지고 행동을 책임지며, 주변을 의식하고 주변과 더불어 즐길 수 있는, 보다 품위 있는 애주가가 되도록 다짐해 본다.

청바지

언제 어디서나 입고 다니기 편한 옷, 어떤 옷과 함께 입어도 잘 어울리는 옷, 사시사철 입고 다녀도 문제없고 낡고 해져도 입을 수 있는 옷…

10여 년 전 아들 녀석이 입다 벗어 놓은 청바지를 한번 입어 보고, 생각보다 괜찮은 것 같아 큰 용기를 내서 입고 나서기 시작했는데, 지금은 아주 자연스럽다. 평소는 물론이고 큰 행사나 결혼식장에도 입고 나간다.

청바지가 이렇게 편하고 어느 옷에나 잘 어울릴 거란 생각은 못 했다. 실은 그보다 훨씬 더 오래전에 한 번 입었다가 너무 어색해서 며칠 입고 그만둔 적 있었기에, 생각은 있어도 엄두는 잘 못 내고 있었는데…

사실 그때만 해도 오십 대의 남자가 청바지를 입는다는 건 상당한 용기가 필요한 일이었다. 정말 큰 용기를 내서 여자 친구들도 있는 초등학교 모임에 갔다가, 젊어 보인다는 소리도 듣고, 친구들이 좋은 반응을 보여준 덕분에 그날 이후 자신 있게 입고 다닌다.

한 가지 재미있는 사실은 그 이후로 몇몇 친구들도 입기 시작했다는 점이다. 요즘은 청바지 입은 나이 든 사람들을 어렵지 않게 볼 수 있다. 내가 패션리더인 셈이다(적어도 우리 동네에서는…).

이렇듯 편하게 아무나 입을 수 있는 것 같지만, 사실은 상당한 제약이 있다. 편하게 입을 수 있는 몸을 만들어야 한다. 몸이 안 만들어지면 별로 보기 좋지 않은 게 사실이다. 필자도 그때엔 등산, 헬스 등을 제법 오랫동안 하고 있었기에 용기를 내볼 수 있었을 거다.

나이가 들어가면서 본의 아니게 배는 볼록 나오고, 팔다리가 가늘어지는 현상을 어쩔 수 없는 일이라 여기기엔, 나 자신이 너무 초라해지는 것 같아 운동을 시작했는데, 이제는 여러 가지 여건상 다른 운동은 못해도 등산만은 20년 가까이 계속하고 있다. 청바지가 어쩌면 그 노력에 대한 보상일지 모른다고 스스로 격려해 본다. 지금은 청바지를 잘 입기 위해서라도 산행을 멈추지 못한다.

운동이 몸에 좋다는 건 누구나 아는 상식이겠지만, 필자의 경험으론 더 이상 말로 하긴 힘들다. 누구라도 붙들고 무조건 운동하라고 강권하고 싶을 뿐이다.

지금부터 시작하면 충분하다. 자기 몸에 맞는 운동 한가지씩만 선택해서 꾸준히 하다 보면, 어느 순간 많이 달라진 자신을 느낄 때가 있다. 그때의 희열, 자기만족은 인생의 축복을 느낄 만큼일 거라 확신한다.

여름에 비키니 입으려고 봄에 운동을 시작해서는 안 된다. 헬스클럽 3개월 카드로 결제하고, 3일 만에 그만두는 사람 많이 봤다. 무리하게 해서도 안 된다. 장기적인 관점에서 내 인생을 바꾼다는 생각으로 꾸준히 해야 한다. 무슨 운동이든 최소한 3년 이상을 해야, 제대로 운동 효과를 볼 수 있다고 생각한다. 나이와는 상관없다. 지금이 문제이다. 지금 시작하면 가장 빠른 시기이다.

내 인생 내가 지켜야 한다. 국가도 자식도 내 건강을 책임지지 않는다. 아프고 나서 돈이 많으면 무엇하고, 좋은 병원에 간다고 내가 행복해지겠는가? 건강할수록 지켜야 하는 게 건강이다. 내가 건강한 것이 주변을 행복하게 하는 것이고, 그것이 사회에 봉사하는 일이다. 그것이 또한 애국하는 일이다.

백 세 시대에 건강한 백 세라야만 한다. 병든 백 세는 죽음보다 못하다.

정신도 육체도 건강하게, 그리고 멋지게 살다가 훗날 때가 오면 "내 인생 잘 살았노라"하고 미소 지으며 떠나자.

연탄집의 추억

우리 동네에서 우리 집을 모르면 간첩이다. '키 큰 최 씨 연탄 집'이 우리 집 이름이기 때문이다.

지금은 사라져 가고 있지만 삼사십 년 전, 그때만 해도 취사나 난방용으로 연탄을 사용하지 않는 집이 거의 없었으니까, 쌀집과 더불어 연탄집이 어쩌면 동네에서 제일 유명한 집이었을지도 모른다. 특히 겨울이 되면 우리 집은 항상 붐볐다. 연탄 주문하러 오는 사람, 아궁이 고치는 사람을 소개해 달라고 오는 사람…

덕분에(?) 초등학교 5, 6학년 무렵부터 아버지를 따라 연탄 리어카를 밀고 다녔었다. 그때는 가끔이었지만, 중학교 그 이상을 다니면서부터 그 회수가 잦아들었다. 그때까지만 해도 연탄 배달 리어카를 끄는 것이 그렇게 부끄러운 일인지 몰랐었는데 고등학교를 가고 나이가 들어가면서 그 일이 너무 창피했었다.

사춘기를 지나고 이성을 알아가면서 더 그랬던 것 같다.

사형제의 맏이인 내가 아버지 일을 도와야 하는 건 당연한 일이라는 걸 그때도 모르지는 않았지만, 그래도 아버지를 따라 배달하러 나서는 게 정말 싫었다. 주변 사람들이 모두 나만 쳐다보는 것 같았고, 혹시라도 나를 아는 여자 친구가 쳐다볼까 쥐구멍에라도 들어가고 싶은 심정이었다. 그래서 아버지 속도 많이 썩였지만, 이제 와서 생각하면 모두가 어리석은 내 젊은 날의 초상이다.

안 좋은 기억만 있는 게 아니라 좋은 추억도 많이 있다.

겨울은 늘 그랬지만 특히 설 전날은 아버지가 밤늦게까지 상당히 바쁘시다. 일을 마치고도 여러 번 수금을 다니셨기 때문이다. 그때는 외상을 해도 설을 넘기거나 해를 넘기는 경우는 거의 없었기 때문에 설날 전에는 꼭 수금하셨다.

작업복 주머니 곳곳에서 나오는 돈을 풀어놓으시면 나와 동생들은 그 돈을 가지런히 정리해 드린다. 종일 일하시고 밤늦게 수금하셨기 때문에, 아버지의 땀과 함께 김이 모락모락 나는 그런 돈이었다.

돈에서 냄새가 난다는 걸 그때 알았던 것 같다. 그런 돈을 세면서 우리도 갑자기 부자가 된 것 같은 뿌듯한 기분을 느끼기도 했었다.

그렇게 40년 가까이 연탄과 함께하시던 아버지 돌아가신 지도 10년이 훌쩍 넘었다. 나 또한 싫든 좋은 직업으로 15년을 연탄차를 운전하면서 아버지와 함께했다는 사실이, 이제는 우리 서민의 기억에서조차 잊혀가는 연탄이란 이름과 함께 아련한 연탄집의 추억으로 남아 있다.

못사는 집에 맏아들로 태어나 그 힘든 연탄배달 하시는 아버지 제대로 도와드리지 못하고, 항상 말썽만 피우고 다니던 나.

세상에 대한 원망과 불만으로 온통 불태워 버렸던 젊은 시절의 나.

그것을 현실도피 목적으로 필요한 부분만 기억하고 있지는 않은지 곰곰이 생각해 보게 되는 오늘이지만…

연탄재 함부로 차지 마라

너는

누구에게 한 번이라도 뜨거운 사람이었느냐

— 안도현 「너에게 묻는다」 중에서

이렇게 잔잔한 여운을 남기는 시인의 아름다운 노래가 있어 이 겨울도 따뜻하게 날 수 있을 것 같다.

욕망으로 나는 존재한다

인간이 세상에 존재하는 가장 큰 이유는 욕망이다. 살고 싶은 욕망, 가지고 싶은 욕망, 성공에의 욕망…

욕망의 다른 한편으로 욕심을 말할 수 있겠지만, 욕심과 욕망은 같은 듯 조금은 다르다.

일생을 큰 욕심은 부리지 않으며 살았다고 생각하지만, 지금 이 순간 욕망은 가득하다. 나이가 들고 세상을 알아갈수록 욕망이 새록새록 생겨난다. 그 욕망으로 살아갈 의욕이 생기고, 결국 그것으로 살아야만 하는 인생의 목표가 생긴 셈이다.

우선 건강하고 싶다.

지금 충분히 건강하다. 그러기에 이 건강을 계속 유지하고 싶다. 지금 건강하지만 나이가 들어가면서도 계속 건강을 유지하려면, 지금보다 더 세심하게 건강을 챙겨야 한다는 생각이다. 건강해서 하고 싶은 게 많다. 해야 할 일도 많다. 그래서 건강에의 욕망이 가득하다.

그다음으론 세상에 이름을 알리고 싶다. 나 태어난 이유와 존재의 가치를 알리고 싶다. 조상님이 지어 주신 이름 석 자의 의미를 알리고, 내가 세상에 가치있는 존재로 살아간다는 걸 알리고 싶다. "호랑이는 죽어서 가죽을 남기고 사람은 죽어서 이름을 남긴다." 그렇게 죽어서도 기억되는 이름으로 남고 싶다.

마지막으론 존경받고 싶다.

사실 이것이 인생 최종목표이다. 존경받는 삶이라면 인생을 정말 잘 살았다고 할 수 있는 일 아니겠는가. 여태껏 살아온 인생을 잘못 살았다고 생각하진 않지만, 진정으로 잘 살았노라 얘기할 수 있는 건 존경받는 삶일 것이다.

모두가 인정하는 존경받는 일을 지금부터 해 나가야 한다고 생각하니 엄청난 압박감으로 다가오지만, 그러기에 더더욱 가슴 설레는 일이다.

세상에 빛과 소금이 되는 삶이고 싶다. 그래서 이 시대의 진정한 어른으로 거듭나고 싶다. 존경받는 어른이 된다는 게 정말 어렵다는 걸 잘 안다. 이 시대에 그런 어른이 잘 안 보인다는 것만 봐도 알 수 있는 일이다. 지금 바로 이 시대가 그런 분들이 정말 필요한 시점인데 말이다.

가정엔 어버이가 바로 서야 하고, 나라에 지도자가 바로 서야 하고, 사회엔 어른이 바로 서야 하는데, 작금의 행태로 봐선 우리나라에 바르게 선 지도자를 기대하기엔 조금 무리가 아닐까 싶다.

사회에 바로 선 어른들이 나타나 젊은이들의 나침판이 되고 지침이 되어서… 그렇게 바로 선 젊은이들이 나라의 지도자로 우뚝 선다면, 대한민국이 세계에서 일등 가는 나라가 되는 것이 그렇게 어려운 일은 아니라는 생각이다. 내가 그중 한 사람의 어른으로 되고 싶다는 강렬한 바람이 나의 욕망이다.

나이가 들고 어른이 되어가면서 이것이 내게 주어진 소명일지도 모른다는 황당한(?) 생각들이 가슴에 가득하다. 그렇게 이루어진 현실을 상상하면, 그 상상만으로 흐뭇한 미소가 떠오르는 건 사실이다.

오늘은 일이 없어 쉬는 날. 책방에 들러 책 두 권 사고 약국에서 영양제 한 병 샀다. 그러고 보니 몸의 양식과 마음의 양식을 한꺼번에 해결한 셈이다. 이것으로 몸도 마음도 한결 건강해질 것 같은 뿌듯함이 몰려온다. 이래저래 기분 좋은 만추의 저녁나절이다.

자식 키우는 이야기

자식은 키운다는 표현보다 커 가는 걸 지켜본다는 게 옳은 말인 것 같다.

스스로 커 가는 걸 가장 가까운 거리에서 지켜보며 응원하는 것, 그것이 부모의 역할이 아닌가 생각한다.

세상에 제일 재미있는 일이 뭐냐고 물으면, 자식이 커 가는 걸 지켜보는 거라고 말하고 싶다. 물론 오래전의 일이라 하는 말이지만, 지금 와서 내 자식들의 어릴 적 모습을 떠올려 보면, 저절로 흐뭇한 미소가 지어진다. 내 친구들의 손주 자랑이 충분히 이해가 간다.

우리나라 사람들의 자식 사랑은 정말 대단하다. 대단하다 못해 유별나다. 왜 그런가를 살펴 보면…

자식이 '내 소유물'이라는 사고 때문이 아닐까 생각한다.

자식은 내 소유물이 아니라 엄연히 인격을 가진 하나의 개체다. 내가 낳았다고 내 소유물이라는 생각을 가지기 때문에, 내가 힘닿는 데까지 끝까지 보살피려 하고, 또 그렇기 때문에 나중엔 뭔가를 보상받으려 한다.

효도라는 개념이 사라진 지 오래인 요즘 세대에, 자식을 끝까지 보살피려 하고, 또 나아가 그런 노력에 대한 보상을 받으려 하는 마음이 남아 있다면, 노후에 상당히 후회하게 되는 일이 벌어질 수도 있다는 걸 명심해야만 한다.

자식이 잘되면 내 어깨에 힘이 들어간다. 그 이상도 그 이하도 아니라는 생각이다.

필자는 아들딸 두 자녀가 있다. 물론 어릴 때는 아내와 내가 키웠다. 하지만 어느 정도 크고 나서는 스스로 커 가는 것을 지켜봤을 뿐이다. 최대한 본인의 의사를 존중하면서 말이다. 어릴 적 내 부모님이 내게 해 줬으면 하는 것과 하지 않았으면 하는 것을 떠올리며, 나의 경험을 애들에게 전수하려 노력했다.

애들이 중고교 다닐 때는 그 흔한 학원 한번 안 보냈다. 본인들이 가지 않겠다고 했기 때문인데, 덕분에 한 친구로부터 "그 돈 아껴서 뭐하려고 그러냐?"라는 핀잔까지 들었다.

아들 녀석이 중학교를 먼 곳으로 배정받았다. 버스를 타고 다니기에 불편한 거리이기도 하거니와, 시간 때문에 손해를 보면 안 된다는 생각으로, 고민 끝에 등교 시간만이라도 내 차로 태워주기로 하였는데, 그러다 보니 3년 내내 같이 등교하게 되었다. 그러다가 3년 터울인 딸아이도 비슷한 곳에 배정되어, 어쩔 수 없이(?) 내가 태워줄 수밖에 없었다.

그렇게 6년을 애들과 등교를 같이 하게 된 셈인데, 지금 와서 돌이켜보면 스스로도 대견하다는 생각이다. 물론 출퇴근이 비교적 자유스러운 직업이었기에 가능한 일이었겠지만, 무엇보다 애들과의 약속을 어기지 않겠다는 생각이 먼저였다.

그런 것들을 지금 와서 보람되게 느끼는 진짜 이유는…

한참 예민한 사춘기 시절의 애들과 대화를 많이 할 수 있었던 게 정말 큰 행운이 아니었나 생각된다. 자식들과의 대화가 거의 없다는 내 친구들의 얘기를 들어보면, 요즘도 격의 없이 대화하는 내가 정말 다행이라는 생각이다.

부모님도 마찬가지이지만 자식도 나와 가장 가까운 친족이다. 그러기 때문에 항상 신경 쓰이고 걱정되는 것 또한 사실이지만, 분명한 것은 나의 소유물은 아니라는 것이다. 그러기에 어느 정도 인격을 갖추고 나서부터는 최대한 그 인격을 존중하고 배려해 줘야만 한다. 스스로 선택하고 스스로 결정하게 해 줘야 한다.

후회도 성취감도 스스로 느끼게 해 주는 것, 그것이 진정으로 자식을 잘 키우는 방법이고, 그것이 진정한 자식 사랑이 아닐까?

한여름 밤의 꿈

고기 굽는 냄새가 진동한다. 엄청나게 넓은 홀이 발 디딜 틈 없고 여기저기 주문하는 소리, 손님 응대하는 소리로 시끌벅적하다.

나는 무얼 하는지 모르겠지만 정신이 없다. 그런데 정신이 없는 사람은 나 혼자뿐이다. 자세히 보면 어느 한 곳 문제없이 잘 돌아간다.

인자하게 생기신 연세 지긋하신 할머니, 이곳의 주인이신 모양이다. 이렇게 바쁜 와중에도 자애로운 표정으로 태연하게 자기 일만 하신다. 손님 접대하는 종업원은 또 어떤가? 날아다니듯 일을 하며 반갑게 손님을 맞고 또 주문을 받는다. 이곳에 세상에서 제일 잘되는 고깃집인 것 같다. 잘될 수밖에 없는 곳이라는 느낌이다. 모두가 웃는 얼굴, 기쁜 표정이니 말이다.

그런데 주인 할머니께서 내게 이 식당을 넘기겠다고 하신다. 내가 자리를 잡을 때까지 최대한 지원을 하겠다는 말씀과 함께…

　내가 인수하기로 하고 제법 시간이 지났다. 장사는 여전히 잘된다. 오히려 저번보다 더 잘되는 것 같다. 여전히 나는 정신이 없다. 내가 무엇을 하는지 모르겠지만, 내가 없어도 다른 사람들이 너무나 잘하기에, 나는 그저 그 사람들의 하는 일을 바라볼 뿐이다.

　다만 한 가지 생각은 또렷하다. 지금이라도 할머니의 마음이 변하면 어쩌나 하는 걱정뿐이다. 엄청난 돈을 주고 할머니 가게를 인수하려는 사람들이 많기 때문이다.

　어떻게 이런 행운이 내게 왔는지 이해를 할 수 없다. 잘한 것 아무것도 없고, 잘할 수 있는 일도 별로 없다. 그런데 왜?

　할머니 조용하게 말씀하신다. "착하고 성실하게 살아온 복이다."

　그렇게 꿈에서 깼다. 그 꿈이 너무나 생생해서 며칠이 지난 지금까지도 잊히지 않고 있다. 꿈속의 그런 모습이 아쉬워서가 아니고, 그런 꿈을 다시 꾸고 싶어서도 아니다. 다만 현재 상상하고 있는 모습을 꿈속에서 본 것이 신기할 따름이다.

　사실 언제부터인지는 잘 모르겠지만 꿈에서의 그런 생각을 갖고 있었다. 지금의 처한 상황이 이미 성공자의 모습이라고 말이다.

　적지 않은 아픔을 겪으면서 오랜 세월 몰랐던 인생을 배워 가고 있다. 내가 어떻게 살아왔는지, 남이 나를 어떻게 보는지도 알아가고 있고, 친구는 무엇이고 부모와 형제는 또 어떤 의미인지, 세상을 어떻게 대해야 하는지도 조금씩 깨우치고 있다. 존재의 의미가 무엇인지, 기여는 또 어떤 것인지도 어렴풋이 알 것 같다.

　그렇게 조금씩이라도 알아가고, 또 알려고 노력한다는 게 얼마나 기쁜 일이고 인생을 복되게 하는 것인지, 나만이 알고 있는 것 같아 미안할 따름이지만…

　얼마 전 메모장에 적어 놓은 글을 다시 써 본다.

　나는 바라지 않았다.
　어머님께 효도하지 못했기에 바라지 않았다.
　자식들에게 애비 노릇 못했기에 바라지 않았다.
　세상에 기여하지 못했기에 바라지 않았다.

하지만 이제 바라고 싶다.

어머님께 내 자식들에게 떳떳하고 당당하게 바라고 싶다.

세상에 나 이렇게 살았노라!! 외치며 바라고 싶다.

어떻게 사는 게 세상에 기여하는 것인지 이제는 조금 알 것 같다.

기여하지 못하면 존재는 무의미하다.

조상님이 주신 이름이 부끄럽지 않게 존재의 가치를 찾아간다.

꿈에서 본 할머니께 한 말씀 드리고 싶다.

"할머니 그렇게 큰 복을 주셔서 정말 고맙습니다. 제가 착하고 성실하게 살았다고 하시는데, 당신께서 모르시는 게 한 가지 있습니다. 착하게 산 건 맞습니다. 내 욕심을 채우기 위해, 내 이익을 위해 남 피해 입히지 않았으며, 누구보다 거짓 없이 정직하게 살았다고 자부합니다. 하지만 성실하게 살진 못했습니다. 부질없는 반감으로 세상을 원망하며 나태함으로 아까운 시간을 허비했습니다. 그래서 그 말씀은 앞으로 그렇게 살지 말라는 채찍으로 알겠습니다. 지금부터는 더욱 성실하게, 더욱 진지하게 세상을 바라보며, 제가 할 수 있는 모든 힘을 다하여 헌신하고 기여하며 살겠습니다. 고맙습니다."

노가다 · 2

　오늘 온종일 쓰레기 더미에서 일하고 왔다. 이곳은 버려진 쓰레기를 재활용해서 중고 골재를 생산하는 업체이다. 그 쓰레기를 재활용하려면 우선 차로 싣고 온 쓰레기를 맨바닥에서 1차로 분리하여 적당히 고르고 나면, 그다음 컨베이어 벨트를 거치면서 분리하고, 남은 돌과 흙 등은 분쇄기를 거쳐서 적당한 크기의 골재로 재생산되는 것이다. 사람의 손으로 하는 1, 2차의 분리 작업이 우리가 하는 일이다.

　다양한 종류의 쓰레기를 처리하다 보니 악취는 말할 수 없고, 먼지는 상상을 초월한다. 그러다 보니 인력시장의 동료들조차 잘 안 가려고 하는 곳이다. 아무도 갈 사람이 없어 내가 며칠째 계속 가기는 하는데…

　오늘로 노가다 시작한 지 2년이 넘어 30개월이 다 돼 간다.

그전에 친구의 권유로 하던 수개월의 일을 포함하면 4년이 훌쩍 넘었다. 그렇게 3년이 넘은 세월 동안 알게 된 노가다(인력시장)의 노하우(?)를 말해 보겠다.

노가다의 하루는 다른 직업 종사자들보다 상당히 길다. 새벽 5시 전에 기상해서 빨라도 오후 6시 정도는 돼야 퇴근을 한다. 출퇴근 시간을 근로 시간에 포함한다면 하루 13시간 정도 근로에 종사하는 셈이다.

실제 근무 시간도 다양하다. 현장마다 다르기 때문에 오전 7시에 시작하는 현장도 있고, 점심때 밥만 먹고 쉬는 시간 없이 바로 시작하는 현장도 있다. 그나마 다행인 것이 있다면, 마치는 시간이 오후 5시가 넘는 현장은 거의 없는 것 같다는 정도이다.

오전 7시에 시작해서 오후 5시에 마치면 점심시간을 공제하더라도 실제 근로시간은 꼬박 1시간을 더한 것이다. 그런데 그런 것을 연장 근무로 포함시켜 주는 현장은 어디에도 없다. 당연한 것처럼 그렇게 하고 있다.

문제는 그런 것에 이의를 제기하는 노가다 또한 아무도 없다는 것이다. 이제는 그것이 불법인 줄 아는 사람들도 많지만, 말을 할 수 없는 것이… 그렇게 이의를 제기하는 순간, 그다음 날부터 그 현장에서 쫓겨날 수밖에 없고, 또한 그 사람은 불평불만 분자로 낙인찍혀, 그 인력사무실뿐만 아니라 다른 곳에서도 일하기 힘들어질 것이 뻔하기 때문이다.

요즘의 국회의원들은 여러 가지 법을 잘 만든다. 음주운전 사고가 났다고 무슨 법, 하청업체 근로자가 사망했다고 무슨 법, 학교 앞에서 어린 학생이 차에 치여 목숨을 잃었다고 무슨 법 등등. 사후 약 들고 방문하듯이 다양한 법을 만든다.

물론 그들은 법을 만드는 사람들이기 때문에 당연한 일이겠지만, 과연 그것이 정당하고 옳은 것인지, 국민 절대다수가 원하는 제대로 된 법인지, 냉정하게 되짚어 볼 필요가 있다.

그냥 사고가 나면 임시방편으로, 인기를 끌어볼 요량으로, 또한 그렇게 해서 입법기관인 국회의원의 책무를 다하는 것처럼, 그렇게 법을 만드는 것은 아닌지 의심스럽다.

그들이 과연 현장을 알고, 하청에 하청을 거듭한 근로자의 입장을 알면서 법을 만드는가? 학교 앞 사고가 법이 없어 일어난 사고인가? 음주운전이 살인죄보다 과하게 적용되는 것은 아닌가?

대한민국은 법치주의 국가이다. 법으로 다스려지는 나라이다. 제대로 된 법을 만들어야 하고, 그 만들어진 법에 따라 살아가는 국민의 나라이다.

법의 가장 기본이 되는 것이 무엇일까? 그것은 형평성이라고 본다. 형평성이 바탕이 되지 않은 법은 법이라고 하기엔 모순이 있는 것이다.

요즘에 온 국민의 관심 속에 만들어진 일련의 법들이 여타 법들과의 형평성에서 문제는 없는지, 아니면 옥상옥(屋上屋)은 아닌지, 다시 한번 곰곰이 생각해 볼 일이다.

노가다를 이야기하다가 다른 말을 하는 것이 생뚱맞은 것 같아 마지막은 노가다 이야기로 마무리하겠다.

"현장에서 일 시키는 반장님, 그리고 그 윗분들, 제발 반말 좀 하지 말고 욕하지 마세요. 우리도 엄연히 성인이고 집에 가면 가장입니다. 잘못한 것이 없이 욕먹으면 우리도 슬프답니다. 그리고 제발 이 사람, 저 사람 다른 일 시키지 마세요. 반장님이 이일 시켜서 하고 있는데, 소장님이라는 사람이 다른 일 시킵니다. 노가다도 몸은 하나인데 이것저것 시키는 사람이 너무 많습니다. 한 가지만 시키면 우리도 잘한답니다."

예순을 넘기면서

"인생은 육십부터"라는 말이 있다. 백 세 인생이다. 그러면 이제 겨우 절반을 조금 더 넘긴 나이니까, 그런 말이 전혀 맞지 않은 것은 아닌 셈이지만, 말처럼 그렇게 쉽지는 않다는 것 또한 대부분의 사람이 알 수 있는 말이기도 하다. 그래도 나는 그렇게 살고 싶다. 아니 스스로 그것을 증명하고 싶다.

심한 굴곡을 겪으면서 쉽지 않은 인생을 살다 보니, 아무것도 가진 것 없고 보여줄 것 없지만, 그래도 세상에 뭔가를 얘기하고 싶고 뭔가를 남기고 싶다. 그래서 더 많은 걸 배우며 경험하고 싶다는 강한 충동을 억제할 수 없다.

백수(白壽)이신 김형석 교수님의 강의를 유튜브로 본 적 있는데, 인생을 통틀어 돌아갈 수 있는 시절이 있다면, 육십 대로 돌아가고 싶다는 것이다. 그렇게 생각하시는 이유는 다 기억나지

174

않지만, 지금 내 생각과 별로 다르지 않은 것 같다.

더 젊었을 땐 한 가지 생각만으로 오로지 앞만 보고 세상을 살았지만, 지금은 이런저런 경험을 비교하며 시행착오의 늪에 빠지지 않아도 되고, 급하게 뭔가를 결정하지 않아도 된다. 그래서 보다 더 넓은 안목으로 더욱더 객관적으로 세상을 볼 수 있는 여유가 생겼다.

세상의 단맛 쓴맛 수없이 느껴 보고, 이제야 어느 정도 세상을 조금 이해할 만한 시기, 그래서 자라나는 후배들에게 조금이나마 도움이 될 만한 얘기를 해 주고 싶지만, 그래도 뭔가 모자라는 것 같아 망설여지는 시기.

하지만 지금 하지 않으면 영원히 못 할 것 같아, 오늘도 이렇게 책상 앞에 앉아 있다.

어린 시절 기억은 못사는 집에서 어렵게 자랐다는 것과 아버지의 자식에 대한 교육열 그런 것밖에 기억이 없다. 덕분에 농사만 짓고 사는 시골에서, 그나마 나은 환경인 이곳 마산으로 이사하였고, 초등학교를 세 곳이나 다닌 탓에 친구가 별로 없었다는 기억이 전부에 가깝다. 딱 한 가지 아직도 또렷하게 남아 있는 기억 하나는, 초등학교 고학년 시절 교사에게 찍혀서 왕따 당했다는 사실이다.

덕분에(?) 기성세대에 대한, 기득권자에 대한 반항과 증오심으로 청소년기를 다 보냈다는 걸, 변명이라고 얘기하긴 너무 억울한 내 청소년 시절의 기억이다.

그보다 조금 지난 20대 시절은, 그때의 연장선상에 있다 보니 세상에 대한 분노와 불만을 폭발시키는 과정이었다. 폭음, 싸움질 등 어른들이 하지 말라고 하는 일만 하며 부모님 속 많이 태워드렸다. 그래도 끝까지 지켜 주셨던 부모님, 그 은혜에 감사의 마음을 말로 하긴 너무 어렵다.

결혼하고 자식이 나고부터 싸움질한 기억은 별로 없지만, 그래도 여전히 사회에 대한 불만은 가득했었다. 다행히 아들딸 두 애들은 착하게 잘 자라줘서 너무 고맙다. 내 어머니 수시로 하시는 말씀. "애들이 너 안 닮아서 정말 다행이다."

시작한 김에, 팔불출로 보일지언정, 아들 얘기 잠깐 하겠다.

아들이 초등학교 6학년 때이다. 남녀가 한 반을 쓰고 있었는데, 선생이 여자아이의 머리를 쓰다듬고 얼굴을 만지는 등, 요즘말로 하면 성추행했다는 사실을 알게 되었고 내 아들을 비롯한 일부의 남자아이들이 비밀리에 연판장을 돌렸다. 그렇게 여의치 않으면 경찰에 고발하려고 준비하는데, 선생이 먼저 알고 사과하면서 일단락됐다고 한다.

한참을 지난 후 그 얘기를 내 아이를 통해 듣고, 말할 수 없는 희열을 느꼈었다.

그 정도의 용맹과 그 정도의 정의감을 지녔다면, 사회에 나가서도 별걱정은 없을 거라는 생각과 함께, 무엇보다 내 어릴 적 억울하게 선생에게 왕따당하며 말 한마디 못 해봤던 아픈 추억을, 아들을 통해 조금은 보상받았다는 느낌이 함께해서 더욱 고마웠었다.

4, 50대를 좀 더 회상하자면… 그래도 여전히 가정은 등한시한 채, 술과 친구가 전부인 양 그렇게 세월을 보내다가, 어느 날 아내가 집을 나갔다. 그리고 얼마 후 이혼… 그 시절 써둔 글 한 번 끄집어내 본다.

무학산 산신령님께

어젯밤은 잠을 설쳤습니다. 아내가 집을 나갔기 때문입니다. 정말 황당하네요. 미우나 고우나 스물두 해를 내 옆에서 같이 잠들던 사람인데, 뭐가 그리 절박했는지, 달랑 편지 한 장 써놓고 옷가지만 챙긴 채, 도망치듯 가버렸네요. 이 겨울에 이불도 없이…

심신이 지쳤지만, 그래도 산을 오르길 잘한 것 같습니다. 이곳 학봉에서 보는 정상은 오늘도 웅장하고, 앞바다에 띠오르는 태양은 장관입니다. 사실 무학산을 저보다 사랑하는 사람이 그렇게 많지는 않을 겁니다. 제 별명이 '무학산 털보' 아닙니까?(친구가 지어준 ID)

앞에서도 얘기했지만, 아내가 집을 나갔는데 나간 사람이 어리석은지, 버려진 우리가 불쌍한지 헷갈립니다. 나가는 사람이야 다 계산이 있었겠지만, 버려진 우리는 황당하네요. 하지만 왠지 우리 모두 불쌍하다는 생각이 듭니다. 나간 사람이나 버려진 사람이나, 모두가 피해자고 낙오자인 것 같은 생각이 드는 건 왜일까요?

그래서 오늘은 산신령님께 부탁을 드리려 합니다. 집 나간 아내를 용서할 수 있는 힘을 주십시오. 불쌍한 우리 어머니 충격받지 않게 해 주시고, 내 아이들 희망 잃지 않게 해 주십시오. 저는 아내를 찾을 생각은 추호도 없습니다. 행복을 빌어줄지언정 찾을 생각도, 또 그럴만한 용기도 없습니다. 그럴 리야 없겠지만, 다시 집으로 돌아온다고 해도 말입니다.

사실 어제는 잠을 설친 게 아니라 전혀 못 잤습니다. 스물두 해의 공간이 너무 허전해, 두려움마저 들어 잠을 이룰 수가 없었습니다. 잠 오지 않는 밤에 스스로 주문을 걸어 봅니다. 모든 게 "오늘 하루뿐"이라고, 이 모든 허전함도 가슴을 도려내는 아픔도 오늘 하루로 끝내자고, 모든 게 내가 못나 일어난 일인데 더 이상의 허전함은 나에겐 사치일 뿐이라고…

산신령님, 다시 한번 간곡히 부탁드립니다. 산이 제게 건강을 주신 것처럼 다시 일어설 수 있는 용기를 주십시오. 이 암담한 현실이 끝이 아니라 새로운 시작이라는 걸 알게 해 주십시오. 교만하지 않은 당당함과 절제할 줄 아는 성실함을 주십시오. 그리하여 버려진 불쌍한 사람들을 위하여 다시 한번 봉사할 수 있게 해 주십시오.

사실 모두가 무능력한 나의 잘못인데, 그때는 집 나간 아내에 대한 야속함과 함께 원망이 많이 묻어 있었던 것 같다.

그 후 10여 년이 지났지만, 아직도 그 연장선상에서 살고 있다. 덕분에 최근의 십여 년 정말 많은 걸 배운다. 많이 괴로웠던 시절을 지나, 한동안은 혼자라는 게 너무 편하더니, 이제는 또 조금의 외로움을 느낀다.

60여 년을 살면서 이때처럼 인생 공부를 많이 한 적 없다. 어쩌면 내 인생의 가장 알토란같은 시기가 아닌가 생각한다.

비우면 보인다는 것도 알았고, 진정한 친구의 의미도 배웠다.

주변이 나를 어떻게 바라보는가도 알아간다. 무엇보다 앞으로의 삶을 어떻게 살아야 하는가를 조금은 알 것 같아 기쁘다. 이렇게 알아가는 인생의 진리를, 나 혼자 알고 있기에는 너무 아깝다는 생각을 해 본다.

이 모두가 그날 이후에 일어난 일들이다. 그래서 새삼스럽지만, 떠나간 아내에게 진심을 담아 고맙다는 말 전한다. 사죄의 말을 하고 싶지만 그러기엔 지면이 너무 부족하기에.

며칠 전 애들이 와서 시끌벅적 놀다 갔다. 키워 주신 할머니 은혜를 잊지 않은 내 자식들이 고맙고, 건강하신 어머니 정말 고맙다. 이래저래 고마움이 가득한 오늘이다.

오래전 이야기

○

그래서 세상은 아직도 살만하다

　장마가 막 시작된 모양이다. 어제는 폭우가 내리더니 오늘 아침은 활짝 개었다. 비가 계속 오면 아침 산행이 힘들 거라 걱정했는데 다행이다. 주섬주섬 등산복 챙겨 입고 딸내미 재촉해서 학교 태워다 주고 씨름장 옆에 차 세워 놓고 학봉을 오른다.

　비 온 뒤라 하늘은 더욱 푸르고 기분 또한 상쾌하다. 다른 사람들도 나와 같은 기분인 모양이다. 여인네들의 조잘거림이 정겹다.

　땅을 조금 질퍽하고 미끄럽지만, 이파리에 묻은 물방울이 가벼운 바람에 후두둑 떨어지는 모습이 싱그럽다.

　기분 때문인지 몰라도 오늘따라 별로 힘들이지 않고 산에 올라, 항상 앉아서 쉬던 바위를 찾아 앉으려니까…

　어라… 누군가 솔가지를 꺾어 그쪽으로 가지 못하게 막아 놓았다. 생각해 보니 그쪽은 낭떠러지다. 비가 와서 미끄러우니 자칫 실수로 큰 사고가 날까 봐 생각한 누군가의 배려다.

내려오다 보니 군데군데 길가 쪽으로 흙이 패여 있다. 큰비에 조금이라도 배수가 잘되게 하려는 노력인 것 같다.

오늘 하루 정말 고맙다.

비 개인 하늘이 고맙고

모르는 누군가의 배려가 고맙고

아직도 쓸 만한 내 다리가 고맙다.

유월 어느 비 개인 날에.

산불과 시민정신

　오늘은 일요일, 같은 업에 종사하는 일행들과 함께 무학산 산행을 한다.

　일행들이 대부분 나보다 젊고 산에는 나름대로 일가견이 있는 사람들이라 은근히 경쟁심이 생긴다. 그래서 좀 무리하다 싶을 정도의 빠른 속도로 치고 올라가다 보니 하나둘 뒤로 쳐진다. 속으로 쾌재를 부르며 정상에 올라 조금을 기다리니 일행들이 올라온다.

　각자 가져온 간식들을 꺼내서 나눠 먹고, 정상에 오르지 못한 동료를 만나러 서둘러 하산한다. 내려오다 보니 오늘따라 정말 사람들이 많이 왔다. 일요일인 데다가 날씨마저 좋다 보니 그런 모양이다.

이런저런 여유로운 생각으로 정상의 나무계단을 내려와 서마지기에 도착할 무렵 갑자기 어디선가 "불이다"라는 소리가 들린다. 깜짝 놀라 주위를 살펴보니 앞쪽에서 시커먼 연기가 피어오른다. 우리와는 얼마 떨어지지 않은 곳인데 언덕 저편이라 불은 보이지 않고 시커먼 연기만 보인다.

모두 정신없이 뛰어가 보니, 아니나 다를까 불이 거세게 번지고 있다. 순식간에 일어난 일이지만 때마침 불어오는 거센 북풍의 영향으로 사람들의 힘으로는 제압하기 힘들 것으로 보인다.

그래도 그 와중에, 솔가지를 꺾어 불을 진압하려는 사람, 119에 전화하는 사람, 제각각 무언가를 하려고 열심이다.

그렇게 대부분의 사람이 손에 뭔가를 한 가지씩 쥐고 불과의 사투를 벌이기 시작했다. 그래도 다행히 바람이 한쪽으로만 불기 때문에 바람 부는 앞쪽의 불길만 잡으면 되겠는데, 바람이 세졌다 약해졌다 하기 때문에 위험 부담이 있어 쉽게 접근을 못하고 뒤쪽의 잔불만 끄고 있는 모습이다.

그런데 한순간 바람이 약해졌다고 느끼는 찰나, 누가 먼저라고 할 것도 없이 앞쪽으로 다려가 솔가지 등으로 두드리니, 그 기세등등하던 불이 순식간에 제압이 된다.

큰불을 끄고 나니 옆쪽의 잔불들은 어렵지 않게 꺼진다. 잔불을 정리하며 서로를 쳐다보니 몰골들이 말이 아니다. 얼굴이 시커멓게 숯 칠이 된 사람, 옷이 군데군데 타버린 사람… 마주 보고 웃으며 서로를 격려한다. 대개가 생면부지의 사람들인데, 그 순간만큼은 오랫동안 알고 지냈던 사람들처럼 서로의 노고를 치하한다. 한 사람 한 사람 모두 존경스럽다. 이런 사람들과 섞여서 살아가고 있다는 사실이 뿌듯하다.

그렇게 한 10분이 더 지났을까? 그제야 헬기가 도착해서 물을 뿌린다. 늦게 도착한 헬기가 야속하기도 하지만 그것을 원망하는 사람은 별로 없다.

나중에 불이 난 원인을 알아봤더니, 등산객 중 한 명이 버너로 라면을 끓이다 갑자기 부는 바람에 불똥이 튀어 일어난 일이라는데, 정작 본인은 달아나고 없고, 현장에 버너와 가방 같은 것만 그대로 널브러져 있다.

목격자의 말로는 옷이 불에 탄 채로 도망을 갔다고 한다. 갑자기 불이 나자 입고 있던 옷으로 끌려고 하다가 감당할 수 없게 되자 달아난 모양이다.

불을 지른 사람이나 그 불을 열심히 끈 사람이나 똑같은 대한민국 사람일 텐데 씁쓸한 여운이 남는 건 사실이다.

어쨌든 오늘은 기분 좋은 하루이다. 어쩌면 엄청난 재앙이 됐을지도 모를 화재를 우리는 단결된 힘으로 막아 낼 수 있어서 기쁘고, 나 또한 미력이나마 일조를 할 수 있었다는 게 자랑스럽다.

며칠 전 무학산 산신령님께 기도한 적 있는데, 그 기도를 들어주시어 나에게 이런 기회를 주신 모양이다.

2002년을 회상한다

여름이 막 시작되는 유월은 그다지 무덥다고 느낄 때는 아니지만 그해 유월은 유난히 더웠다. 더웠다기보다는 그 열기 때문에 숨을 쉬기조차 힘들 정도였다는 표현이 맞을 성싶다.

서해교전으로 수 명의 우리 장병들이 죽거나 다쳤다는 소식도, 며칠간의 뉴스거리로밖에 안 되었던 그때의 열기는, 대한민국 사람이면 누구나 느끼는 가슴 뿌듯한 감동으로 남아 있으리라.

그 뜨거운 감동의 여름을 보내고 이제 또 한 번의 월드컵을 치른 지도 여러 해가 지난 지금, 아직도 내 곁에 남아 있는 조그마한 아쉬움을 얘기해 보고자 한다.

솔직히 지금도 그 뿌듯했던 감동과 함께 부끄러웠던 마음을 지우지 못하고 있다.

내가 사랑하는 조국 대한민국 선수들이 좀 더 잘 싸우고 당당하게 이겨줬으면 했었는데, 경기 내내 있었던 심판의 판정이 모든 기대를 무색하게 해 버렸다.

중요한 몇 경기에서 상대편 선수 한 명 혹은 두 명씩 퇴장을 당했는데…

심한 파울을 한 선수는 퇴장당하는 게 당연하겠지만, 평소에 봐왔던 판정하고는 상당히 다르다는 느낌을 지울 수가 없었다.

덕분에 우리는 쉽게 경기를 풀어나갈 수 있었고 그래서 승승장구할 수도 있었겠지만…

지금 와서 이런 얘기를 하는 것은 그때의 그 심판들을 욕하자는 것이 아니다. 또 열심히 싸운 우리 선수들을 깎아내리자는 이야기는 더더욱 아니다.

나는 다만 이제 우리도 좀 더 변해야 한다는 것이다. 결과에만 집착해서 과정을 무시하지 말고, 당당하게 싸워서 떳떳하게 이기고, 또 그렇게 졌을 때 박수치고 격려해 주는 사회가 되어야 한다는 것이다.

요사이 아시아 쪽에서의 한류가 상당히 식고, 오히려 냉담해지기까지 했다는데(베이징 올림픽에서 보면 확실히 알 수 있다), 내 개인적으론 2002년과 무관하지 않다고 본다. 우리 쪽에서 보면 부러움의 시샘이라고 생각될 수도 있는 그 질시와 반감이, 그때부터 시작된 것 같은 느낌이고, 지금도 그 연장선에 있다고 해도 과언이 아니다.

우리가 당당하고 떳떳하게 승리를 쟁취하고 누가 봐도 부러운 그런 성적을 냈다면, 과연 그네들이 그런 시선으로 우리를 봤을까?

"2002년은 아주 성공한 월드컵이다"라고 하는데, 과연 세계 모든 사람이 공감하는 얘긴지, 혹시 우리만 느끼는 아전인수(我田引水)격의 해석은 아닌지 염려스럽다.

이야기를 좀 더 하자면… 우리가 외국에 원정 경기를 나갔을 때는 그보다 더한 편파 판정을 당하는 걸 수없이 봐 왔다.

그렇지만 이제는 우리부터라도 우리 안방에서만큼은 상대를 이해하고 포용하면서, 적어도 우리가 당했던 그 아픔을 그 나라 사람들에게는 돌려주지 않았으면 하는 바람이다.

아직도 정직이 칭송받지 못하고 편법이 난무하는 시대이긴 하지만, 내 자식에게 그리고 그 후대에, 절대 부끄럽지 않은 선배가 되어야 하겠기에…

한국적 이기주의

'이기(利己)'를 한자 그대로 해석해 보면 자기를 이롭게 한다는 뜻인데, 이것은 아주 좋은 의미이다.

어차피 사람은 날 때부터 이기적으로 태어났기 때문에 이기적일 수밖에 없고 또 그래야만 한다. 세상에 나오면서 울음을 터뜨리는 것도 내가 살기 위한 몸부림이고, 숨 쉬고 먹는 것조차도 이기적인 행동이다. 그렇게 자기를 사랑하고 스스로 살아가는 방법을 터득해 가면서 나 아닌 다른 사람의 입장도 조금씩 헤아리게 되는 것이다.

세상은 이기적인 사람이 많아야 발전한다. 나를 사랑하고 내 능력을 믿는 사람들이 많아야 전체가 이롭게 될 수 있다. 내가 돈을 벌고 출세를 하는 일은 당연히 나에게 기쁜 일이지만 그런 것도 내가 사회에 공헌하는 일이 된다. 그런 개개인의 능력이 결집되어 사회가 발전하는 것이기 때문이다.

자신을 홀대하는 사람은 남을 사랑하지 못한다. 모든 사건 사고나 범죄 같은 것도 결국은 자신을 믿지 못하거나 포기했기 때문에 생긴다.

'이기주의'를 사전에서 찾아보면, "자기의 이익만을 행위의 규준으로 삼고 사회 일반의 이익은 염두에 두지 않는 주의"라고 되어 있다. 분명히 좋지 않은 뜻인 것만은 확실한데, '이기'만 생각하고 남을 배려하지 못해서 생겨난 명사인 것 같다.

그런데 정작 내가 하고 싶은 이야기는, "사회 일반의 이익은 염두에도 두지 않는 주의"는 차라리 괜찮다는 것이다. 그대로 해석해 보면, 자기의 이익만을 추구할 뿐 남에게 피해 입히려는 의도는 없으니까 그래도 봐줄 만한데…

필자가 생각하는 '한국적 이기주의'는 그것과는 사뭇 다르다. 옛 속담에 "사촌이 논을 사면 배가 아프다"라는 말이 있다. 이 한마디가 진정한 한국인의 정서와 사고를 대변하는 한국적 이기주의이다.

나 자신이 잘못되는 것은 차치하고 남이 잘되는 꼴을 보는 게 더 가슴 아프다는 얘기인데, 다른 나라 사람들이 들으면 어떻게 생각할지 모르는 이 뿌리 깊은 정서가 사회 전반의 갈등과 반목을 조장하면서 우리의 발목을 잡고 있다.

최근 들어 더욱더 가진 자들이 욕을 많이 먹는 세상이 되었는데, 왜 그렇게 되었는지 정치적인 이야기는 논외로 하고…

물론 일부 재벌들의 횡포와 사회적으로 지탄받을 만한 행동이 없었던 건 아니지만, 대한민국 부자들 전부를 죄인 취급하는 분위기인데 이런 것이 결국 한국적 이기주의이다.

자본주의 사회에서 돈 많이 벌고 성공한 사람이 있으면, 그 사람이 어떻게 성공한 것인지 배우고 본받으려고 노력해야 나 또한 조금이라도 발전이 있을 것이고, 또 그렇게 부를 축적한 사람도 자기의 부를 사회에 환원하고 이바지하려고 노력할 것이다. 그런데 무조건 죄인 취급하여 끌어내리려고만 한다면 그 사람은 무엇으로 사회에 공헌할 것이며, 그런 우리 사회가 어떻게 더 앞으로 나아가겠는가?

그러다 보면 결국 나라 전체가 낙오하고 퇴보하는 것인데, 근래 국가경쟁력이 몇 단계나 떨어졌다는 말도 최근의 이런 분위기와 무관하지 않다.

인간이라는 동물은 남을 끌어내려 얻는 상대적 만족감이 존재하는 동물이기도 하거니와, 또 그렇게 하는 것이 손쉬울 수도 있겠지만, 그렇다고 자기가 노력하여 얻은 성취감에 비할 수야 없지 않겠나.

솔직히 주변이 하향 평준화되어 나보다 나은 사람이 별

로 없는 것보다 출세하고 성공한 사람이 많은 것이 훨씬 도움이 된다.

그러니 지금부터라도 사촌이 논을 산다면 배 아파할 것이 아니라 진정으로 축하해 주자. 그러면 혹시 아는가? 나에게도 떨어질 콩고물이 있을는지…

습관이 모든 것을 바꾼다

평소에는 상당히 소심하고 차분한 성격의 사람이 운전대만 잡으면 과격하고 난폭하게 변한다. 욕설도 함부로 하고 심지어 멱살잡이도 종종 한다. 항상 과묵하고 냉정하던 사람이 술만 마시면 돌변한다.

이 모두가 잘못된 습관 때문이다. 처음 배울 때 잘못 배워서 그대로 생활화되었기 때문인데… 잘못된 운전 습관 때문에 사고가 나서 평생을 힘들게 살기도 하고, 잘못 배운 술버릇 때문에 항상 남의 눈총을 받으며 사회생활을 잘못하는 경우도 있다. 문제는 이 모든 잘못을 본인은 잘 모른다는 것이다. 자기가 인식할 때쯤이면 벌써 때가 늦은 경우가 대부분이다.

물론 좋은 습관을 지닌 사람도 많이 있다. 이런 사람들은 현명한 부모 교육을 받으며 자랐다든지 훌륭한 스승, 좋은 이웃을 만났을 수도 있는데 어떤 경우든지 축복받은 사람이라고 할 수 있다.

　내 친구 중에 한 사람 이야기를 해 보자. 이 친구 평소엔 항상 조용하고 차분한 성격의 소유자이다. 그런데 어느 날 우연히 그 친구 차에 동승하고 정말 놀라운 사실을 알고 말았다. 급출발부터 시작하더니 급정거, 급차선변경, 하여튼 난폭운전이라고 이름 붙인 건 다 하는 것이다. 깜짝 놀라서 왜 그렇게 운전하느냐고 물어봤더니 이게 뭐 잘못됐냐고 반문한다.

　정말 걱정이 돼서 앞으론 그렇게 하지 말라고 얘기해 줬지만 쉽게 고치기는 어려울 것 같아 염려스럽다.

　평소에는 소심해서 남 앞에 잘 나서지도 못하고, 어떤 좌석에 가도 존재감 없고 유머 감각조차 없어 조용하기만 한 사람이 있다. 그런데 이 사람 술이 한두 잔 들어가고 취할 정도가 되면 돌변한다. 주위를 의식하지도 않고 자기주장만 반복하며 남의 입장을 헤아리지 못한다. 어쩌다 노래방 같은 데라도 가면 정말 가관이다. 자기가 그 무대의 주인공인 양 행동해서 다른 사람들을 아주 피곤하게 만든다. 그러다가 대취하면… 그때는 말해 무엇하겠는가.

　내 이야기이다. 돌이켜보면, 어린 나이에 우리끼리 남 의식 안 하며 배운 술이다 보니 나도 모르게 그런 습관이 몸에 밴 것 같은데, 이제 와서 고치려 노력해 보지만 정말 쉽지 않다는 걸 느낀다.

이렇듯 한 번 잘못된 습관은 평생을 가기 마련인데, 혹시 지금이라도 자기가 습관적으로 하고 있는 행동이 잘못된 것은 없는지, 살피고 또 살펴서 고쳐야만 한다.

잘못된 습관은 오래될수록 고치기 힘들기 때문에 어릴 때가 중요한데, 그럴수록 부모의 역할이 필요하다. 항상 관심을 가지고 살펴서 잘못된 습관은 바로잡아 주고, 잘된 것은 장려해 주는 지혜를 발휘해야 한다.

"세 살 버릇 여든까지 간다."

진정으로 내 자식의 장래를 생각한다면 어릴 때 좋은 습관을 길러주는 것이 그 어떤 것보다 시급하고 중요하다는 사실을 꼭 명심하자.

반전이 아름답다

　세상 모든 일을 가만히 들여다보면 항상 반전의 연속이다. 영화나 연속극에 반전이 없다면 무슨 재미가 있겠는가. 개그맨들의 위트 속에 반전이 없다면 그것은 개그도 아니다. 듣는 사람도 분명 반전이 있을 걸 알고 있지만, 누구도 예상 못 하는 절묘한 타이밍에 치고 나오는 반전의 말 한마디는 개그의 꽃이라 할 수 있다.

　"야구는 9회 말 투아웃부터"라는 말이 있는데, 역전을 기대하기 때문이다. 자주 나오는 일은 아니지만 그래도 간혹 그런 상황이 생기면 정말 짜릿한 기쁨을 느낀다.

　며칠 전 TV로 프로농구를 보고 있는데, 2점을 지고 있던 팀이 하프라인 근처에서 던진 버저 비터가 그대로 들어가 역전승하는 장면을 봤다. 정말 극적이고 짜릿한 순간이다. 내가 응원하던 팀이 졌는데도 별로 기분이 나쁘지 않다.

인생사 굴곡이 없는 사람이 있겠는가. 그 깊이의 차이는 있겠지만 말이다. 조금 수월해졌다 싶으면 어려움이 닥쳐오고 또 그 어려움을 슬기롭게 대처하다 보면 좋은 날이 찾아온다.

그 간단한 진리를 모르는 사람이야 어디 있겠냐마는, 일순간 찾아온 어려움을 이겨내기가 말처럼 그렇게 쉬운 일은 아니다. 문제는 그 어려움이란 게 한꺼번에 몰려온다는 것인데, 모르는 가운데 하나둘 쌓였다가 일시에 닥치기 때문이다.

지금의 내 처지가 그렇다. 지금까지 그렇게 순탄한 삶은 아니었지만 그래도 별 어려움 없이 살아왔던 것 같은데, 기다렸다는 듯이 한꺼번에 몰려오는 어려움을 감당하기가 정말 힘들다. 타성에 젖어 나태하게 살아온 나를 자책해 보지만 어리석은 생각일 뿐이고…

시련이 있어야 성취감도 더하련만, 인생이란 게 한계가 있다 보니 나이가 들수록 견디기 힘들다는 걸 뼈저리게 느낀다.

그래도 내 인생을 돌이켜보면, 극한 상황에서 떨치고 일어났던 경험은 몇 번 있었던 것 같은데, 평소에는 우유부단하다가도 어려움이 닥치면 벗어나려는 오기 같은 것이 있었는데… 이제는 그마저도 소진한 것 같다.

하지만 한 번은 더 힘을 내보려 한다. 각본은 누가 썼는지, 결말은 어떻게 될 건지 아무도 모르지만, 그래도 내 인생의 주인 공은 나 아닌가. 내 인생이 해피엔딩의 스토리라면 좋겠지만 설사 비극으로 끝나더라도 멋있게 끝내야 하지 않겠나.

처음부터 가진 것 없어서 남한테 베풀며 살지 못했고, 영리하지 못해서 이름 떨치며 살지도 못했지만, 남에게 피해 주지 않고 당당하고 떳떳하게 살아왔는데, 여기서 끝을 내게 된다면 추하고 초라한 모습으로만 기억되지 않겠는가.

이제 야구는 7회 말쯤이다. 초반에 점수를 많이 까먹어 상당히 점수가 벌어졌지만, 아직도 3이닝이나 남았는데 지금부터라도 열심히 해서 조금씩 추격한다면, 9회 말엔 화려한 역전도 가능하지 않겠는가.

현명한 여성이 아름답다

"세상을 바꾸는 건 남자, 그 남자를 바꾸는 건 여자"라는 말이 있다. 이제는 그냥 '세상을 바꾸는 건 여자'라고 해야겠다. 적어도 우리나라에서는…

우리나라에서 여성의 힘이 남성을 앞지른 지는 제법 오래되었다. 대입 수능 등 여러 가지 시험에서의 상위권 합격자 비율이 여성이 우위를 차지한 지 오래되었고, 스포츠 분야 등에서도 우먼파워를 실감할 수 있는 게 한둘이 아니다. 미국 등 다른 선진국에서조차 경험하지 못했던 여성 대통령이 탄생하기도 했다.

이 모든 변화가 신선한 충격으로 다가오지만, 나 같은 세대의 입장에서 보면 기쁘게 받아들여지는 것만은 아니다.

전후 다산이 필요하던 때에, 남아선호사상의 끝자락에서 축복받은 사내아이로 태어났지만, 시절이 여의치 못해, 중학교부터 대학까지 단계마다 시험을 거쳐야 하는 치열한 경쟁에 내몰리다가, 나이가 들어 그나마 다행으로 결혼을 하고 가장이 되어, 어릴 때부터 봐 왔던 그 호사(?)를 이제 한번 누리려는 찰나, 어느새 세상이 여성 중심으로 변해버렸다.

어릴 적 봐 왔던 그 모습으로는 상상으로조차 할 수 없었던 일들이 주변에서 일어난다.

설거지를 하지 않으면 밥을 못 얻어먹고, 집에 와서 세끼 밥을 다 챙겨 먹는 남자는 '삼식이 새끼'라고 부른다는 웃지 못할 농담을 들어야만 하는 게 현실이다.

그나마 현실감각이 뛰어난 친구들은 눈치껏 한두 끼 얻어먹으며 버티는 모양인데, 항상 뒤떨어지는 나란 놈은 그렇지 않아서 이 모양이다.

웃으려고 하는 말이지만 이런 게 엄연한 현실이다. 아들놈 고등학교 다닐 때 학교에 한 번 간 적이 있는데, 여자 선생님들이 상당히 많다는 사실에 깜짝 놀랐다. 그제야 알았지만, 아들 담임도 여선생님이란다. 우리 땐 상상하기 힘들었던 일이다.

남자 고등학교가 그런데 초중학교는 말할 필요도 없을 것 같다. 교육계에서부터 이렇게 여성 중심이다 보니, 요즘의 남자애들이 우리 때에 비하여 많이 여성스러워진 것은 어찌 보면 당연한 일일 게다.

'현명한 여성이 아름답다' 바야흐로 힘의 중심이 급격히 여성으로 바뀌어 가는 시대가 도래했다. 이것은 세상 누구도 거를 수 없는 시대적 흐름이다.

바로 지금 진정으로 필요한 게 여성의 현명함이다. 현명함이란 능력, 지혜로움, 똑똑함 등과는 또 다른 개념이다. 그 모든 걸 포함하고 있으면서 섬세함까지 갖춘, 어쩌면 남자는 가지기 힘든 그런 것이라 생각한다.

현명한 여성은 남자의 능력을 극대화시키고 자식을 사회에서 필요한 인재로 키운다. 그렇게 가정을 잘 건사하고 주변을 밝게 하며 세상을 아름답게 변화시킨다.

급변하는 이 시대에 여성 대통령이 나오는 건 당연한 일이겠지만, 그래서 더더욱 필요한 게 여성의 현명함이다. 여성의 현명함이 사회 구석구석에서 만연할 때 우리 사회는 더 밝아질 것이고, 나아가 대한민국이 세계를 선도하는 나라가 될 거라 믿는다.

도사

오늘 아침 샤워를 하는데 물이 상당히 차갑게 느껴진다. 계절이 너무 빠르게 변하는 탓인지 사람이 너무 간사하기 때문인지는 잘 모르겠지만, 며칠 사이에 이처럼 다른 느낌이 든다는 게 조금은 낯설다.

작년 늦가을쯤, 객지에서 부동산중개업 하고 있을 때였다. 찬물로 샤워하기엔 부담이 느껴질 무렵, 가스가 떨어졌는데 돈 또한 바닥이다. 여기는 도시가스는 나오지 않고 LPG를 사용하는데 그것으로 물통에 물을 데워서 써 왔다.

한 통에 4만 원이 넘는 가스값은 나에겐 한 달 치 식량이 해결되는 돈이다. 선택의 여지가 없이 찬물로 샤워를 하고 빨래도 했다.

처음엔 어쩔 수 없는 선택이었지만 나중엔 오기와 깡으로 버텼다. 유별나게 추웠던 작년 겨울을 생각하면 그 무모함에 쓴웃음이 나기도 하지만, 깨우친 것 또한 만만치 않기에 뿌듯함마저 드는 게 사실이다.

덕분에 손발에 동상이 걸려, 기형으로 자란 손톱이 불과 며칠 전에 서야 다 없어지기도 했지만, 그 추운 겨울을 하루도 거르지 않고 찬물로 목욕을 할 수 있었다는 게 다행이다.

그 이후에 달라진 점이 많이 있지만, 우선은 몸이 가벼워진 것 같아 좋다. 그전부터 등산 등 운동도 많이 한 편이지만, 한겨울을 그렇게 보내고 나서 몸이 많이 좋아진 느낌이다. 요즘 와서 부쩍 얼굴 좋아졌다는 소리를 듣는 것도 그 영향이 상당하다고 생각한다.

하루는 아들 녀석과 목욕탕엘 가서 그 얘기를 하고 너도 한 번 해 보면 어떻겠냐고 했더니 돌아오는 대답이 "아빠, 그건 도사들이나 하는 겁니다. 위험하니까 하지 마세요"라고 한다.

하기야 시기를 잘못 선택했었다. 한겨울 한창 추울 때 뜬금없이 그런 얘기를 했으니 쉽게 수긍하진 못했으리라.

그러니까 혹시 내 의견에 동조하고 동참하실 분이 계신다면 가을의 초입인 이즈음에 시작하시라고 권하고 싶다. 한겨울에 시작하는 건 내 경험상 100% 불가! 혹시 진짜 도사라면 모를까…

아들 녀석이 도사들이 하는 행동이라고 하는데, 도사라고 불리는 그분들 하는 행동이 기발하는 것은 알겠지만, 과연 어떤 생각으로 그런 행동을 하는 것일까? 그렇게 하면 무엇을 깨우칠까? 무엇을 얻으려고 그 힘든 기행을 하는 걸까?

이참에 도사가 한번 되어볼까? 생각해 보지만, 의문점이 너무 많고 너무 어려워 포기해야겠다.

마산행 완행버스

오늘 아침 여느 때와 다름없이 앞산을 오른다. 무더위가 지속되는 날들이지만 아침에는 제법 선선한 공기가 느껴지는 걸 보니 가을도 멀지 않았음을 느낀다.

내리막에서 두 번을 미끄러졌다. 날씨가 너무 건조한 탓에 습기를 품지 못한 땅이 너무 까칠하다.

문득 '삼천갑자 동방삭'이 생각난다. 이름조차 정확한진 잘 모르겠지만, 한 번 넘어지면 삼 년밖에 못 산다는 곳에 넘어져 낙심하다가, 한 번 더 넘어지면 곱절을 살 수 있다는 생각으로 여러 번 굴러서 오래오래 살았다는 이야기라고 기억한다.

모든 일을 긍정적으로 생각하라는 얘기인 것 같은데…

세상을 너무 낙관하고 무모하리만치 긍정적으로 살아온 나는 과연 지금 어떤 위치에 있는가. 쓴웃음을 짓다가도 다시 한

번 나 자신에게 질문을 던져본다. 나 자신 무엇을 바라고 이렇게 살아왔는가? 아니면 이것이 나의 천성이고 운명인가?

해답은 간단하게 떠오르지만, 나이가 들면서 운명이라는 단어가 자꾸 연관지어져 씁쓸하다.

오후에는 또다시 마산에 간다. 멀지 않은 곳이면서 멀게만 느껴지는 내 고향 마산. 그곳에 가면 왠지 좋은 일이 생길 것 같은, 쉰다섯 해를 떠나지 못하고 살아온 곳, 그곳을 생각하며 한 주일을 버틴다.

물론 별로 신통한 일도, 즐거운 일도 없지만, 요즘은 그것이 유일한 내 삶의 에너지이다. 최근엔 돌아왔을 때의 허전함이 느껴지기도 하지만…

좋았던 섹스 후의 나른함이랄까?

몇 시간 후면 어김없이 마산에 간다. 덜컹덜컹 완행버스를 타고…

혼자라는 이유로

가을이다. 한낮의 무더위는 아직도 식지 않은 것 같지만 아침 저녁 스산한 바람은 분명 가을을 말해 주고 있다.

가을을 왜 남자의 계절이라 부르는지 잘 모르겠지만 남자가 외로운 계절인 것만큼은 맞는 것 같다. 왠지 쓸쓸하고 허전하며 누군가가 애타게 그리운, 그래서 더욱 아름다운 계절이다.

그러고 보니 혼자서 맞이하는 가을도 제법 여러 해가 지났다. "인간은 망각의 동물이다"라고 하는데 잊을 수 있어서 좋다. 몇 해 전까지만 해도 괴로웠던 일들이 이제는 잊혀져 간다. 그 괴로움에 매몰되어 영원히 헤어나지 못할 것만 같았는데, 이제는 그 껍질이 하나둘 벗겨져 나가는 느낌이다. 세월의 흐름이, 망각이 고맙게 다가온다.

인간은 원래 혼자이다. 그러던 것이 결혼하면서부터 둘이 되고, 그렇게 서로를 의지하며 길게는 평생을 산다.

그러다가 마지막에 또 혼자서 가는 것이다. 수십 년을 그렇게 살다가 어떤 이유에서든 한쪽을 잃으면, 나머지 한쪽으로는 지탱하기 힘든 게 인생이다. 평생을 해로하신 분들일수록 그 고통이 심하다는 것은 주변에서 어렵지 않게 볼 수 있는 사실이다.

결혼을 하고 나이가 들어가면서, 두 손 꼭 잡고 공원을 산책하는 노부부들이 너무 보기 좋아, '나도 나이가 더 들면 저렇게 늙어가리라'하는 허황된(?) 꿈을 꾸기도 했었는데…

올해로 혼자 된 지 다섯 해이다. 현실 인식이 잘 안되어 괴로웠던 처음 몇 해는 견디기 힘든 나날들이었는데, 이제는 상당히 편해졌다. 혼자서 하는 일들이 자연스럽다. 시간이 많다 보니 할 것도 많다. 여러 가지 공부도 하고 운동도 열심히 한다. 객지이다 보니 내 생활을 방해할 사람은 아무도 없다.

무엇보다 영혼이 자유로워 좋다. 마음대로 상상하고 마음대로 행동한다. 그러면서 절제하고 인내하는 법을 배워가는 것 같아 흐뭇하다.

마누라의 잔소리와 바가지 긁는 소리를 그리워했었고, 누구와 의논할 상대가 없어 아쉬웠던 적도 있었지만, 이제는 누구한테라도 방해받는 게 싫다. 내 스스로 판단하고 소신껏 행동하면 될 뿐 누구의 눈치를 볼 일도, 의논해야만 될 일도 없다. 자유로운 것도 있지만 그래서 더욱 조심스럽기도 하다.

아직도 주변의 눈과 귀를 의식하지 않을 수 없기에, 나 자신 추하게 보이지 않으려 애써 노력하고 있다.

둘일 때는 몰랐던 일들을 하나하나 깨우쳐 가고 있다. 좋게 말하면 다시 태어난 느낌이다. 인생을 두 번 사는 느낌이랄까?

이 모두가 혼자이기에, 혼자가 됐기에 누릴 수 있는 또 다른 즐거움이다.

○

가을이 오면

가을이 오면 내 가슴이 무너져 내린다.

한두 해 겪은 건 아니지만

올해는 더더욱 오는 가을이 두렵다.

가슴을 쓸어내리는 이별의 아픔도 잊혀져 가고

혼자 남은 두려움에 잠 못 들던 밤도 안정을 찾아가지만

또다시 다가오는 계절의 공허함은 그 모든 걸 상쇄해 버린다.

이렇게 다가오는 계절에 내 인생을 비추어 보다가

한 가지 놀라운 사실을 발견하고 또 한 번 깜짝 놀란다.

희망으로 가득 찼던 활기찬 봄도 가고

뜨거운 정열의 여름도 다 보내고

이제는 황혼의 쓸쓸함만 남은 내 모습이

이 스산한 계절과 한 치의 오차도 없이 닮아있어 슬프다.

나는 이 가을이 싫다.

너무 높아 쳐다보기 힘든 하늘이 싫고

텅 빈 공간처럼 허전한 이런 느낌이 싫고

내 모든 정열을 앗아갈 것 같은 나른함이 싫다.

뭔가 꿈을 펼쳐 보지도 못하고

제대로 된 일조차 해 본 적 없는데

벌써 황혼이라는 생각을 하게 만드는 이 계절이

그래서 정말 야속하다.

하지만 나 이제 가을을 노래하려 한다.

맑고 높은 하늘을 반기고

쓸쓸하지만 상쾌한 이 공기를 호흡하면서

기쁘게 코스모스를 맞이하련다.

허전함은 가진 자의 욕심에서 비롯되고

우울함은 현실을 비관하는 망상에서 오는 것이리라.

채우려 애쓰지 않았으니 허전할 게 없고
비관하지 않았으니 우울할 일도 없다.

그저 그렇게 맞이하고 또 지나가는 게 계절이고
그것이 인생인 것을
무엇을 괴로워하고 무엇에 집착할 것인가?
가슴 저미는 쓸쓸함 뒤의 아련한 그리움은 가을의 향기이고
누군가가 찾아줄 것만 같은 설레임은 가을의 속삭임이다.

가을의 향기를 맡으며 가을의 속삭임을 듣고 있노라면
세상을 다 품은 것 같은 여유로움이 몰려온다.

치열했던 열기를 뒤로 하고 잠시 쉬어가는 이 계절에
모든 것에 감사하고 모두에게 고마움을 표하며
허허로이 지나간 인생을 되돌아본다.

○

사랑을 하고 싶다

우연히 TV의 아침 방송을 보게 되었는데, 중년 이후에 혼자된 사람들이 짝을 찾는 방송이었다. 어쨌든 나와 같은 처지인 사람들을 위한 프로인 것 같아 유심히 보게 되었는데…

결론은 그렇다. '조건'이었다. 대부분의 만남이 그렇겠지만 조건이 맞아야 하는 모양이다.

생면부지의 사람이다 보니 이것저것 따지는 건 당연한 것 같은데, 그 조건이란 게 너무 까다롭다. 모든 것에 우선해서 '돈'을 얘기한다. 나에겐 먼 나라 이야기이다. 그것 말고 다른 건 다 자신 있는데…

사람들은 쉽게 '사랑'을 이야기한다. 그런데 작금의 이 세상에 진정한 사랑이 얼마나 존재하는 것일까? 다른 건 몰라도 남녀 간의 진정한 사랑은 존재하기 힘들다는 생각을 해 본다. 어찌 보면 모든 조건을 따져야 하는 '결혼'이 사랑의 본질을 많이 흐려 놓은 것 같기는 하다.

아직도 중매결혼이라는 풍습이 존재하고 있는 우리나라의 입장에서 보면 더더욱 그렇다.

내가 다시 사랑을 할 수 있을까? 그 모든 것에 우선해서 마음이 통하며, 서로의 아픔을 이해하고 어루만져 줄 수 있는, 그런 사람을 만나 밤새 이야기 나누며 사랑을 하고 싶다.

나이 많아 주책이라고 욕하진 마소. 사랑은 나이와는 아무 상관이 없으니까…

사랑을 하고 싶다.
아낌없이 주되 받으려 하지 않고

가진 것 없어도 마음을 공유하며
있는 듯 없는 듯 서로를 느끼고
애틋하되 집착하지 않는 사랑.

살포시 손 맞잡는 수줍은 사랑도 좋고
밤을 불태우는 뜨거운 사랑이면 더 좋다.

나이를 말하지 않고 조건을 배제한

그저 그렇게 밤새 나눈 대화가 아쉽고

알게 모르게 물들어가며

강요하지 않아도 서로를 배려하고

다 주지 못한 안타까움이 연민 되어

가슴이 아리는 사랑.

그런 사랑을 하고 싶다.

당신이 보고 싶소

1968년 가을쯤 됐을까? 마산의 한 초등학교 6학년 교실. 중간고사를 치르는 날이다.

그때만 해도 초등학교에서 중학교로 진학하는 시험을 치렀기 때문에 이 시험은 상당히 중요한 의미를 지니고 있었다. 지금의 고3 모의고사쯤이었다고나 할까?

선생이 한 아이의 이름을 부르며 책걸상을 가지고 앞으로 나오라고 한다. 영문을 모르는 아이는 힘겹게 책걸상을 가지고 앞으로 나간다. 그리고 그렇게 교탁 옆 한쪽 구석에서 시험을 치러야 했다.

D학원이라는 데가 있었다. 당시에는 중학교로 진학하는 경쟁이 상당히 치열했기 때문에 사설학원이 제법 있었다. 이런 학원에는 부유층 자녀들이 다니기도 했었고… 어쨌든 D학원은 악명(?) 높은 학원이었던 것 같다. 그러다 보니 자연히 학교 선생님

들과는 사이가 좋지 않았다.

　D학원을 골탕 먹일 궁리를 하던 선생은 한 아이를 떠올리게 된다. 이 아이는 가정형편이 넉넉하지도 못하고, 학교에서 어떠한 불이익을 당하더라도 이유를 따질만한 똑똑한 아이도 못되고, 부모가 찾아와 항변할 사정은 더더욱 아니었다. 어쨌든 이 아이는 D학원을 다니고 있었다.

　선생이 의도했든 아니든, 이 사실은 D학원에서 알게 되어 심하게 항의하는 사태에 이른다. 선생의 말로는 그 전날 치른 시험성적이 너무 좋아 부정행위가 의심됐다는 것이다. 선생이 의도한 바와는 다른 것 같다. 그 이후에는 더 유명해졌으니까.

　그런데… 그 아이는 어떻게 됐을까? 시골에서 올라와 두 번이나 전학을 다니며 친구도 변변히 없었던 어수룩한 촌놈은 그렇게 소년기를 보내며 생각한다. '공부를 열심히 하고 또 잘하면 이렇게 수모를 당해야 하는구나.' 어리석게도 소년에겐 그 수치심을 감당할 만한 의지와 인내심이 없었던 것이다.

　세월이 무수히 흘러 강산이 여러 번 변하여 머리가 반백이 되어 버린 지금, 그때의 그 소년을 생각한다. '그때 내게 그 치욕을 감당할 힘이 있었더라면, 좀 더 똑똑했더라면, 세상을 원망하고 질시하며 방황하는 우울한 청소년기를 보내진 않았을 텐데…'

문득 당신 소식이 궁금해지네요. 그리고 묻고 싶네요.

그때 그 사건을 완전히 잊진 않으셨겠죠? 성대하게 퇴임하신 지도 그렇게 오래되지 않았다니까 벌써 돌아가시진 않았을 것이고…

혹시라도 사십여 년 전 그 소년의 기억이 잘못된 것이었는지 꼭 한번 묻고 싶네요.

그래서, S 선생 당신이 보고 싶소.

추서(追書)

너무 오래된 일이라 잊힐 법도 하지만, 요즘도 초등학교 친구들 만나면 문득문득 생각나곤 합니다.

글을 쓰고도 10년이 훌쩍 지난 세월이라 어쩌면 돌아가셨을 수도 있겠지만, 살아계신다면 한 번쯤 만나, 잘못됐을지도 모르는 내 오래된 아픈 기억의 실타래를 풀고 싶네요.

아버지, 아! 아버지

구루마! 구루마! 복잡한 오동동 길을 리어카 가득 연탄을 싣고 그렇게 외치며 달린다. 그렇게 사십 년을 뛰다가 걷다가…

오늘 아침 일찍 잠에서 깨어 문득 당신의 그 모습이 떠오릅니다. 괜히 눈물이 나네요.

평생을 그렇게 무거운 연탄을 끌고, 지고 다니시다 보니 허리가 꾸부정해지고 팔이 완전히 펴지지 않았습니다. 손이 떨려 밥술을 제대로 들지 못하셨습니다. 그러다가 결국 큰 병을 얻어 몸져누우셨죠.

큰 키에 강골이시던 당신, 쩌렁쩌렁한 목소리로 모두를 호령하던 당신, 당신의 그 강하던 팔다리가 야위어져만 가는 모습을 보면서, 아무것도 할 수 없는 나 자신이 너무나도 부끄럽고 창피했습니다.

파출소를 제집 드나들듯 하는 맏아들을, 그래도 사람 만들어

보겠다고 어르고 타이르고… 정말 많이도 하셨습니다. 파출소에 돈도 많이 갖다 바쳤습니다. 왜! 왜 그러셨습니까? 말 잘 듣고 공부 잘하는 다른 자식들도 있는데…

전과자가 되든 깡패가 되든 그냥 내버려 둬도 될 것을, 그렇게 애를 태우셨습니까?

못난 놈이 이제 와 생각해 봅니다. 그렇다고 이제 와서 후회한다거나 불효를 용서해 달라는 것 또한 아닙니다.

다만 아무 말 없이 아낌없이 주기만 했던 당신, 못 배우고 못 가진 게 한이 되어, 자식에게만은 대물림하지 않으려고 그렇게도 공부를 시키려 집착하시던 당신, 믿었던 큰아들의 방황을 보며 괴로움을 혼자 삭였을 당신, 당신의 그 마음을 생각하면 가슴이 아려옵니다.

하지만 그때는 몰랐습니다. 철이 없었다기보다는 철없으려고 부단히 노력했습니다. 세상에 대한 원망과 분노의 한편에 당신도 있었으니까요. 왜 그랬는지는 지금도 모르겠습니다. 다만, 나 자신을 집어삼킬 만한 분노를 삭일 대상을, 멀리서는 찾을 수 없었기 때문이었다고 이해해 주십시오.

당신께서 그렇게 가시던 날, 이상하게 눈물이 나지 않았습니다. 저뿐이 아니라 우리 모두 멍하니 그렇게 바라만 보았습니다.

저는 애써 생각해 봅니다. 당신의 마지막 모습이 너무나 편안해 보였기 때문일 거라고…

　이제는 정말 편안하시죠? 속 썩이는 자식 걱정 안 해도 되고, 머리 받히면서 남의 집 창고 드나들지 않아도 되고, 손이 떨려 좋아하시는 술 못 드실 일은 없겠죠?

　제발 편히 쉬십시오. 그리고 당신 생전에는 차마 못 했던 말, 이제야 조심스럽게 해 봅니다.

　아버지! 당신을 사랑합니다.

고맙다, 친구야!

친구, 우리가 고3 때던가? 춘부장께서 돌아가셨지. 내가 부모님 그들에서 사고 치며 말썽이나 피우고 다닐 때, 당신은 동생들 건사하며 삶을, 생을 걱정하며 생활전선에서 힘들어 했었지. 솔직히 동생들은 또 얼마나 말썽을 피웠나? 내가 알기론 아직도 정신 못 차린 동생들도 있는 것으로 아네만… 그 모든 걸 감수하고 껴안으며 살아온 세월이 삼십 년이 훌쩍 넘었네.

세상사 누구라고 우여곡절이 없겠느냐마는, 당신은 정말 힘든 삶을 살면서도 내색 한번 안 했지. 그것이 내가 당신을 존경하는 이유이기도 하고…

그런 친구 곁에서 나는 과연 얼마나 도움을 주는, 아니면 방해를 하는 친구는 아니었는가? 돌이켜보게 된다네. 그래도 친구, 당신이 가장 좋은 친구로 주저 없이 나를 꼽아 주니 나는 항상 고맙네.

자당께선 안녕하신가? 가까이 있으면서도 찾아뵙지 못한지 몇 년은 된 것 같구먼, 미안하네, 미안하고⋯

　그런데 친구, 내가 이렇게 혼자서 넋두리 편지나 하는 이유는 직접 면전에서는 못 한, 마음에 담아두고 있으면서 언젠가 한 번은 해야 할 것 같은 그런 말을 하고 싶어서이네.

　몇 해 전인가, 내가 조그만 식당을 하면서 사업을 확장하려다 자금이 모자라 어려워하고 있을 때, 당신이 나서서 직접 대출 알선해 주고, 그것도 모자라 당신 아파트 저당 잡혀 자금 마련해 줬지. 내가 알기론 그 집이 바로 얼마 전 어렵게 마련한 당신 전 재산인 줄 알고 있는데, 공무원 생활 수십 년 만에 처음 장만한, 그래서 정말 자랑스러워했던 그런 집인데⋯

　그리고 항상 퇴근하면 우리 식당에서 살다시피 하면서 나를 도와줬지, 당신 주위의 사람들은 모두 당신이 직접 운영하는 줄 알 만큼 말일세.

　고맙네, 친구. 그때라고 어떻게 고마운 줄 몰랐겠나? 하지만 친구 사이에 고맙다는 말이 어색하기도 하고⋯ 어쨌든 내가 그런 표현이 서툴다는 걸 자네도 잘 알잖는가?

친구, 요즘 우리 사이가 조금은 소원해진 것 같은데 내가 전화 자주 못하더라도 이해하시고 당신이라도 연락 좀 주게.

할 말이 많지만, 다음에 또 만나서 하기로 하고, 그럼 이만…

아들아

　세월이 참 많이 흘렀구나. 아버지는 너희들이 언제 이렇게 훌쩍 커 버렸는지 모르겠다. 어릴 때의 모습만 간간이 떠오르는데 이렇게 커 버렸다는 게 도저히 실감이 나지 않는다. 그동안 내가 정말 무심했던 것 같기도 하고, 한편으론 할머니와 돌아가신 할아버지께 고마움을 느낀다. 너희들도 할아버지, 할머니의 은혜를 잊으면 안 된다.

　요사이 집안 형편도 좋지 않지만 어른들 문제까지 겹쳐 너희들에게 마음고생을 많이 시켰다. 그런 점 아버지로서 정말 미안하게 생각한다. 이 모든 잘못은 아버지에게 있고 책임 또한 아버지의 몫이라는 걸 통감하지만, 어차피 과거로 되돌아갈 수 없다면 모든 미련과 집착은 버리려 하는데, 너희들은 어떻게 생각하는지 모르겠구나.

　꼭 한 가지만 당부하자. 요즘 와서 아버지가 하는 사업이 조금씩이나마 나아지고 있기 때문에 곧 좋아지리라 믿는다. 그래도 혹시나 일이 잘못되더라도 더 이상 너희들에게 짐을 지우고 부담을 주는 일은 없을 것이다. 그러니 이제는 제발 집안일 걱정일랑 하지 말고 본업인 학업에 충실했으면 한다.

아들아, 세상은 무한히 열려 있다. 넓은 세상을 멀리 봐라. 긍정적으로 현실을 보면서 생각의 폭을 넓혀 나가다 보면 미래가 보일 것이고, 결국은 그 미래는 너의 것이 된다.

현실에 안주하지 말고 비관하지도 마라. 세상은 항상 변하기 마련이다. 변하는 세상을 미리 준비하고 능동적으로 대처하는 사람이라야 진정한 리더가 될 수 있다.

지금, 이 순간이 괴롭다고 좌절하지 말고, 그렇다고 너무 조급하게 생각하지도 마라. 혹시 학교 복학해서 성적이 잘 안 나오더라도 실망하지 말고 꾸준히 노력해라. 지금은 한 해를 쉬었기 때문에 더 힘들게다. 장래에 대한 비전을 가지고 소신껏 행동해라.

힘이 들면 보다 괴로웠던 시절을 떠올려라. 너는 재수했던 시절을 떠올리면 도움이 될 게다. 시련이 있어야 성취도 있다. 쉽게 얻은 것은 쉽게 잃을 수도 있지만 힘들게 이룬 일은 오래도록 남는 법이다. 지금의 이 고통이야말로 무엇하고도 바꿀 수 없는 인생의 스승이라는 걸 꼭 명심해라.

친구를 잘 사귀어라. 어차피 세상은 나 혼자만으론 살 수 없기 때문에 항상 주변과 어울림을 생각해야 한다. 주변 사람을 배려하면서 포용하는 너그러움을 가진다면, 주위에 항상 좋은 친구들이 많을 것이다. 좋은 친구는 인생을 사는 큰 힘이 된다.

제발 밥 굶지 마라. 이런저런 이유로 끼니를 거르다 보면 점점 체력이 약해진다. 뭐든지 잘 먹고, 운동도 열심히 해서 체력을 보강해라. 항상 하는 얘기지만 체력이 약하면 아무것도 못 한다.

사랑하는 내 아들아! 내가 또다시 이런 편지 쓸 날이 있을 진 모르겠지만 아버지로서, 한 가정을 지켜야 하는 가장으로서 절박한 심정으로 하는 말이니까 허투루 듣지는 말고, 혹시 문맥이 맞지 않고 어색한 점이 있더라도 이해하고, 다시 한번 잘 새겨 두길 바란다.

—아버지가

사랑하는 내 딸에게

오빠 손잡고 "오삐야, 오삐야" 하며 따라다니던 모습이 아직도 눈에 선한데, 벌써 이렇게 훌쩍 커서 내일모레면 대학생이 되는구나.

우리 딸에게 편지는 여러 번 받았는데 답장은 처음인 것 같구나. 미안하다. 여러 가지로 무능한 아빠 때문에 내 딸이 마음고생이 심한 것 같아 가슴 아프다.

다른 애들은 지금쯤 수능 치르며 힘들었다고, 부모 손잡고 맛있는 것 먹으러 다니며, 용돈 많이 얻어 좋은 옷 사 입고 할 텐데, 내 딸은 용돈 벌겠다고 알바 하러 다니는 모습 보면, 내 가슴이 무너져 내리는 것 같다.

어릴 때부터 장사한답시고 제대로 챙겨 주지도 못했는데, 그래도 아무 탈 없이 잘 커 준 너희들이 정말 고맙다. 무엇보다 오빠 말 잘 듣고 사이좋게 지내는 게 보기 좋다. 지금은 너희들이 떨어져 지내지만, 항상 연락하면서 안부와 건강을 챙겨야 한다. 너희들은 엄마, 아빠보다 더 살갑게 지내야 하는 세상에서 하나뿐인 가장 가까운 사이란다.

엄마 이야기가 나왔으니 잠깐만 할게. 엄마와도 자주 연락하며 지내라. 물론 이제는 네가 전화해도 연락이 안 되는 경우도 생길 거다. 그래도 너무 실망하지 말고 너를 낳아준 엄마에 대한 공경심을 버리면 안 된다. 모든 잘잘못은 세월이 지난 후에 판단하기로 하고…

항상 남을 배려하는 마음을 가져야 한다. 세상은 나 혼자 사는 게 아니기 때문에 남을 배려하고 이해하면서 내 꿈을 키워나가야 한다. 나만의 독선적이고 이기적인 사고를 하는 사람은 세상이 어둡게 보일 수밖에 없다. 조금 손해 보더라도 남을 배려하는 넓은 마음을 가진다면 네 앞에 보이는 세상은 밝아진다. 그러다 보면 너 또한 성장할 수 있을 것이다.

내 딸의 능력을 아빠는 믿는다. 어릴 때부터 어른들이 챙겨주지 않아도 언제나 스스로 잘해 왔던 내 딸이 대견스럽다.

세상은 항상 변한단다. 지금 현실이 어렵고 괴로워도 조금만 참고 견디면 머잖아 좋은 날이 온다. 어려울 때일수록 서로를 격려하고 보듬으며 이겨낸다면, 언젠가 그 어려울 때가 아름다

운 추억으로 남는단다. 겨울이 추울수록 봄이 더 따뜻하게 느껴
지듯이 말이다.

항상 남을 사랑하는 마음을 잃지 말고, 나보다 못한 사람을
보살필 줄 아는 사람이 되어야 한다. 환경을 탓하지 않고 이겨
낼 줄 아는 슬기로운 내 딸이라는 걸 아빠는 잘 안단다.

추운데 감기 조심하고, 늦으면 할머니께 전화하는 것 잊
지 말고…

—아빠가

소시민이 바라는 작은 소망

○○여고 쌍둥이자매
시험문제 유출 사건을 보고

　사건의 개략적인 전말은 이렇다. 그 학교 교무부장인 아버지가, 시험문제와 답안지를 빼돌려 쌍둥이 딸들에게 줘서, 시험성적을 올리게 했다라는 거다.

　그렇다면 이 사건의 핵심은 무엇이며 우리에게 무엇을 전달하고 있을까?

　딸들을 너무나 사랑한 한 아버지의 안타까운 부성애일까? 아니면 내신 성적에 치우진 이 시대 교육행정의 문제일까?

　물론 조금이나마 이해는 가는 부분이 없는 건 아니지만, 그것은 우리가 생각해 봐야 될 핵심하고는 너무 동떨어진 사안들이다.

　가장 믿고 따르고 존경해야 할 아버지에게서, 부정한 방법을 배우고 자란 자식들이 세상에 누구를 믿을 것이며, 세상을 어떠한 눈으로 보고, 선과 악의 구분은 또 어떻게 할 것인지 상당히 염려스럽다.

그보다 더 큰 문제는 그렇게라도 성적을 올려서 좋은 대학에 진학하고 또 훗날 성공자(?)가 되기도 한다라는 것이다. 결국 그런 사람이 사회지도층이 됐을 때, 과연 이 사회는 어떻게 돼 있을까? 생각조차 하기 싫은 일이지만, 이것이 현실이 아니라고 자신 있게 말할 수 있는 사람이 과연 몇이나 될지는 의문이다.

주제와는 약간의 거리가 있을 수도 있겠지만, 금수저, 흙수저라는 조소 섞인 신조어가 농으로만 들리지 않는다.

이 사건을 다시 한번 되짚어 보면 크게는 도덕의 문제이고, 다른 한편으론 사회적 인식의 문제이다.

성공지향적인 성향을 문제삼을 순 없겠지만, 모든 일을 결과에만 연연하다 보니 그 방법과 과정의 보편타당성은 찾아보기 힘들어진다. 그렇게 자기만 잘 되면 그만인 극단적인 이기주의가 팽배해져 버리면, 그것들이 쌓여서 결국은 집단적 이기주의로 이어져 계층 간, 세대 간 갈등까지 불러오게 되는 것이다.

이제는 세상이 바뀌어야 한다. 아니 바꿔야만 한다. 어느 한 사람 한 집단이 이끌어가는 시대는 지났다. 힘없는 소시민들의 조그마한 힘이 모였을 때 대통령도 바꿀 수 있는 경험도 해 봤다. 모두가 인정하는 성공자라도 그 과정을 다시 한번 바라볼 수 있는 능력이 생겼고, 성공 이후의 족적을 끝까지 추적할 수 있는 장치도 마련됐다.

　나 한 사람의 인식 전환이 세상을 바꾼다. 내가 잘 돼야 한다는 이기적인 사고가 잘못된 건 아니다. 결과가 좋아서 나쁠 건 없겠지만, 그 과정의 정당성이 더욱 중요하게 인식되고, 배려와 양보가 손해가 아닌 존중의 대상이 된다면, 이 사회, 이 나라는 보다 아름다운 사회, 모두가 행복한 건강한 나라로 나아가지 않겠는가.

영혼이 맑은 사람을 만나고 싶다

세상이 너무 혼탁하다. 무엇이 진실이고 무엇이 거짓인지, 누가 옳고 누가 그른지 구별이 정말 힘들다. 하나의 진실을 두고 수식 수백 가지의 거짓이 포장되어 있다. 이제는 그 진실을 찾아낸다는 건 불가능에 가깝다.

세상에 믿을 사람이 너무 없다. 수십 년을 알고 지낸 친구에게조차도 터놓고 내 마음을 토로하지 못한다. 진실을 얘기해도 거짓으로 받아들이고, 가슴으로 한 말이 왜곡되어 이상하게 돌아온다.

그러다 보니 차츰 말이 적어진다. 말을 하고 싶지 않다. 어쩔 수 없이 진정성 없는 어설픈 농담만 하게 된다. 그러다가 문득 나 아닌 나를 발견하기도 하는데, 요즘은 가끔 어떤 모습이 진정한 나인지 헷갈린다.

가슴이 따뜻하고 영혼이 맑은 사람은 없는 걸까? 험한 세상에 치여 다 죽었을까.

사실 요즘 같은 세상에 영혼이 맑은 사람은 살아남기 힘들다. 너무 맑은 물은 고기도 살지 않겠지만 사람도 견디기 힘들다. 적당히 혼탁한 것이 적당히 흐린 물을 좋아하는 물고기가 살기는 편안한 것처럼 말이다.

미국이란 나라가 세계 일등 국가인 이유 중 가장 큰 하나는, 영웅을 추앙한다는 점인 것 같다. 큰일을 하고 대단한 힘을 가졌다고 영웅이 아니라, 조그만 일이라도 세상을 위해 희생하고 봉사하며 존경받을 일을 했다면, 영웅으로 숭배한다. 그래서 대부분의 사람이 어릴 적부터 그런 영웅을 바라보며 영웅처럼 살기를 원한다.

미국이 사소한 사건으로 영웅 만들기를 잘한다면, 우리나라는 큰일을 한 영웅을 보잘것없는 사람으로 만드는데 능하다.

최근의 예를 들자면, 아덴만의 영웅 석해균 선장이나 그를 치료했던 이국종 교수 같은 분은 가히 이 시대의 영웅이라 할 만하다. 일본의 지하철에서 일본인을 구하다가 숨진, 고 이수현 님은 일본인은 십 년이 훨씬 지난 지금도 기억하고 추모하는데, 그 이름을 기억하는 우리나라 사람은 그리 많지 않은 것 같아 안타깝다.

왜 우리나라만 이런 속 좁은 모습을 보이는 건지 굳이 설명할 필요는 없겠지만, 한 가지만은 확실한 것 같다.

그것은 바로 모든 사실을 정치적으로 종결한다는 것이다. 정치적으로 해석하고 정치적 이해득실에 따라 사건의 본질이 달라지고, 그것에 따라 언론이 반응하기 때문에 일반 국민은 정확한 진실조차 모른 채, 그것을 사실로 받아들여야만 하는 현상이 되풀이되고 있다. 서글픈 현실이다.

그러다 보니 그런 큰일을 하신 분들조차도 우리의 뇌리에서 조용히 사라져 가고 있다.

옛날에는 선동하는 정치인만 있었는데, 지금은 언론이 그 일을 대신한다. 모든 국민의 눈과 귀를 언론 하나가 장악했다. 언론이 곧 진실이고 최선이다. 그것이 의하여 세상이 돌아간다.

언론이 권력의 시녀가 된 지는 오래다. 정권에 따라 이리저리 휘둘리는 건, 그들은 그들의 생존을 위해 어쩔 수 없는 일인지는 모르겠지만, 그것을 바라보는, 그것만 바라보고 참과 거짓을 구별할 수밖에 없는 우리네 입장에서는, 또다시 바보가 되어 가는 것 같아 세상이 거꾸로 돌아가지 않나 하는 착각마저 들 지경이다.

하지만 세상은 계속 그렇게 그들의 입맛대로만 흘러가진 않을 것이다. 정권이 언론을 이용한다고는 하지만, 우리 국민도 권력을 견제할 수 있는 어마어마한 세력이 됐다는 게 너무나 큰 다행이다. 최근의 촛불집회가 큰 전환점이 되었다는 건 모두가 주지하는 사실이다.

영혼이 맑은 사람을 만나고 싶다
그런 사람을 만나면 주변이 밝아지겠지
그런 사람을 만나면 내 마음 또한 따뜻해지겠지
그런 사람을 만나서 가슴에 맺힌 멍울을 제거해 주고
그런 사람을 만나서 인생을 이야기하고
그런 사람을 만나서 희망이 있는 세상을 말하고 싶다

젊은이들이여, 분노하라!

분노하라! 선동에 침착하라!

분노할 줄 알아야 젊음이다. 어쩌면 분노는 젊음의 특권일 수 있다. 다만 그 분노를 스스로 판단해야 한다. 누군가의 선동으로 하는 분노는 어리석은 일이다.

이제는 세상이 바뀌어야 한다. 많이 배우고 말 잘하고, 그래서 대단한 정치인이라도 세상을 바꾸지는 못한다. 대통령을 바꾸고 정권을 바꿀 수는 있겠지만 세상을 바꾸지는 못한다.

세상은 소시민의 의식이 결집되었을 때 바뀌는 것이다.

말 잘하기는 쉽다. 좋은 글쓰기도 그리 어려운 일은 아니다. 하지만 그렇게 말처럼, 글처럼 올바른 행동하기는 정말 어려운 일이다.

그래도 해내야만 한다. 나부터 바뀐다는 생각을 가진다면 세상이 변하는 것도 그렇게 먼 얘기는 아니다.

가깝고도 먼 나라 일본을 우리는 많이들 미워하지만, 일본은 분명 선진국이다. 경제력으로 잘사는 건 분명하지만 그 무엇보다 우선하는 건 국민의 의식수준이다. 배려가 몸에 밴 그들의 의식이 결국 선진국으로 존경을 받게 되는 가장 큰 이유이다. 물론 그것이 그 나라의 국민성이라고 할 수도 있겠지만, 그 국민성이라는 것도 그 시작과 뿌리가 있음이 분명하다.

우리라고 못 할 게 무엇인가? 우리가 언제부터 이기적이고 배타적이었는가?

의식의 전환이 필요한 때이다. 내가 잘돼야 한다는 이기심이 잘못일 수가 없고, 배타적이라고 문제될 건 없다. 하지만 '나만 잘돼야 하는 이기심'이라면 분명 문제가 될 수 있다. 내가 중요하지만 세상에 나 말고는 모두 타인이라는 걸 알아야만 하고, 결국 타인으로 인해서 내가 살아간다는 걸 인식할 수 있어야 한다. 그 타인에게 피해를 주지 않겠다는 약간의 배려심만 있다면, 세상이 아름답게 변하는 것도 오래 걸릴 일은 아니다.

식민지와 전쟁의 폐허를 극복하고 한강의 기적을 이룬 나라, 세계 10위권의 경제력을 가진 나라, 문맹률 제로에 가까운 나라. 그것이 대한민국이다.

이제 대한민국은 자기의 의지와 용기만 있으면 무엇이든 할수 있는 나라이다. 일자리가 없다고 하지만 찾아보면 널리고 널린 게 일자리이다. 대기업만 일자리고 정규직만 직장인가. 조금 열악한 중소기업은 사람을 못 구해 외국인 근로자들이 다 차지하고 있는 게 현실이다.

어차피 평생직장이라는 개념이 사라지고 있는 마당에, 지금 당장 힘들고 괴롭더라도 '나의 찬란한 내일을 위해 조금의 자세를 낮추겠다.'는 생각만 가진다면, 못할 일은 없을 것이다. 지금 조금 못한 직장 볼품없는 일을 한다고 내 인생이 볼품없는 사람이 아니라는 자긍심과 함께, 생의 목표가 분명하다면 남의 눈따위는 아무것도 아니라는 걸, 조금이라도 일찍 깨달을 수 있다면 좋겠다는 바람이다.

인생은 선택의 연속이고, 끊임없이 도전해야만 되는 일이다. 그 선택과 도전을 남이 해 줄 순 없는 일이기에 나 자신을 믿어야 한다. 세상에 나를 조절할 수 있는 사람은 나뿐이란 걸 명심해야만, 성공에의 희열이 배가될 수 있고, 실패에 또한 초연해질 수 있을 것이다.

실패로부터 인생을 배운다. 실패하지 않겠다는 자세는 분명히 가져야 하겠지만, 어떤 식으로든지 실패하지 않는 인생은 없다고 장담한다. 넘어지고 깨지면서 코피가 터져 봐야 이기는 걸 배운다. 실패하는 게 두려워 망설이는 것은 인생을 도전해 보지도 않고 포기하려는 거나 다름없다. "졌을 때 배울 게 많다"라는 젊은 바둑기사의 인터뷰가 많은 이야기를 전해준다.

젊은이들이여! 대한민국을, 이 세상을 바꿀 사람은 바로 당신들이다. 부모 세대를 원망하지도 말고, 그렇다고 무조건 닮으려고도 하지 마라. 다만 그들에게서 배워라. 좋은 것은 좋은 것대로, 나쁜 것은 반면교사로 그렇게 배워야 한다. 그것이 결국 내 삶의 자양분이 된다는 걸 꼭 명심하라.

분노하라!! 나 자신의 비겁함에 분노하고, 의지와 용기 없음에 분노하고, 도전하지 못했음에 분노해야만 한다. 지금 분노하지 않으면 늙어서 화내게 된다. 늙어서 화내면 몸만 상한다.

거짓말

세상에서 하는 말 중에 가장 힘이 있는 말은?

거짓말이다. 거짓말은 힘도 있지만 아름답다(?). 그만큼 정성이 들어갔기 때문이다. 그 거짓말을 하기 위해 얼마나 많은 노력을 기울였겠는가? 거짓은 진실이 아니기 때문에 만들고 꾸며야 한다. 그러려면 얼마나 노력이 필요한지 필자는 조금 안다.

소설을 써 보려고 노력해도 잘 안된다. 없는 얘기를 지어내서 한다는 게 얼마나 힘든지, 약간의 경험으로라도 충분히 알겠는데, 거짓말이란?

거짓을 말하면서 듣는 사람의 반응, 그리고 그 이후의 대처 등등… 얼마나 많은 고민과 갈등을 거쳐 얘기를 했을까를 생각하면 그 거짓말을 우습게 넘길 수 없는 일이다. 금방 들통나는 거짓말도 있지만, 긴 세월 지나가도 진실처럼 전해지는 거짓말도 많다. 정말 예술이다.

여러 종류의 거짓말이 있다. 재미있으려고 하는 말, 그냥 그렇게 습관처럼 아무 생각 없이 하는 말, 소기의 목적을 갖고 하는 말 등등...

다른 건 몰라도 소기의 목적을 가지고 하는 거짓말이 진짜 거짓말이다. 뭔가의 목적을 가지면서 자기의 이익을 취하려고 하는 거짓말은 듣는 사람을 꼭 속게 만드는 거짓말이기 때문에 더 화려하다. 화려하다 못해 아름답다. 그 아름다운 말에 속아 넘어가지 않기는 쉽지 않다. 그것의 목적에 돈이나 이권 등이 개입되었다면 흔히 말하는 사기이다.

사실 사기란 당하는 사람의 욕심을 이용하기 때문에 잘 당하기 쉽다. 다 그렇다고 하면 욕먹을지 모르겠지만, 당하는 사람도 약간의 요행을 바라는 마음과 함께 일말의 사기심이 있기 때문인데, 큰 거짓이 작은 거짓을 이기는 셈이다.

그런데 진짜 무서운 거짓말은 돈이 개입된 사기가 아니다. 소기의 목적을 가지고 세상에 하는 거짓말, 그런 거짓말은 세상을 바꾸어 버릴 수도 있는 엄청난 힘이 있다.

언젠가 정치인 이○○ 님의 아들이 군대 안 간 이유에 대해, 한참을 얘기하더니 이제는 어떤가, 그 진실이 밝혀진 지금은 어떤가? 누구 하나 거론하는 사람이 없다. 그 거짓말은 이미 소기의 목적을 달성했고, 그래서 그분은 힘을 완전히 잃었기 때문이다. 물론 그분이 지금 또다시 힘 있는 실세로 등장한다면, 또 다른 거짓을 동원하겠지만 말이다.

그래서 진실은 힘이 없다. 진실은 그 자체일 뿐 다른 목적이 없기에 아무런 힘을 가지지 않는다. 진실은 언젠가 드러난다는데, 그것은 거짓이 지배하는 세상에서 하는 자조 섞인 말일 뿐, 밝혀져도 힘이 없는 게 사실이다.

거짓은 무엇이고 진실은 또 어떤 모습인가? 거짓이 난무하고 거짓이 온통 세상을 지배하다 보니, 무엇이 진실이고 무엇이 거짓인지 전혀 구분되지 않는다. 달콤한 거짓말에 취해 서서히 말초 신경이 마비되어 가는 것을 모르고 있는 중독자의 모습과 같다.

하지만 더 이상 거짓이 지배하는 세상은 안 된다. 거짓이 힘이 있어서도 안 되고 거짓말이 능력이어서도 안 된다.

자식이 부모를 못 믿는 세상, 부부가 서로를 못 믿는 세상, 수십 년을 알고 지낸 친구가 친구를 속이는 세상이 계속된다면, 누구와 진실을 논하고, 누구에게 희망을 이야기하며, 진실은 또 어디에서 숨을 쉬겠는가?

진실이 힘이 있어야만 한다. 언젠가 알게 되는 진실이 아니라 현재의 진실이 힘이 있어야만 한다. 그것은 오직 스스로 진실을 말하고 진실을 알려고 하는 노력에서만 가능하다.

이제 더 이상 양치기 소년에게 속아 부화뇌동하는 우를 범한다면 우리에게 미래는 없다.

거짓이 진실이 아니라는 사실을 알게 되는 순간, 늑대에게 잡아먹히는 것은 아무것도 모르는 양들뿐 아니라 우리 모두가 될 것이기 때문이다.

고다이라 나오 선수를 기억한다

평창동계올림픽을 보신 분들은 기억할 것이다. 고다이라 나오 선수가 어떤 선수였는가를, 아니 어떤 인성을 지닌 사람이었는가를…

자기가 기록을 세운 것도 기쁘지만, 다음에 출전할 선수, 특히 라이벌 이상화 선수가 있기 때문에 환호를 자제해 달라는 그 표정과 행동은 가히 압권이라 할 만하다.

우리는 현재 세계 12위권(2018년 기준)의 경제력을 가진 나라이다. 일본과도 소득격차가 많이 줄어들었다. 이제는 우리가 일본에 뒤쳐질 일이 그리 많지 않다. 삼성이 도시바, SONY를 잡았고 이창호, 이세돌이 일본인의 자존심을 무참히 짓밟아 버렸다. 이제는 무엇 하나 일본에 아쉬울 게 없다.

그런데 왜 우리는 일본을 욕하는가? 약자가 강자에게 보내는 질시와 증오를 아직도 하고 있는가?

일본인은 이수현 님을 추모하고 기억하는데, 왜 우리는 위안부 할머니를 이용하는가? 무엇이 아쉬워서 그렇게 집착하는가?

일본인이 우리를 혐오하는 건 아니라고 생각하지만, 그래도 간혹 우리를 싫어하는 사람이 있다면, 그건 분명 우리가 그들을 미워하기 때문일 것이다(개인 사이에서도 내가 상대를 욕하면서 상대는 나를 좋아하길 기대할 순 없는 노릇이다).

또 그런 묘한 감정을 잘 아는 일부 정치인이, 그것을 이용해서 그들의 밥그릇을 챙기려 하기 때문이다. 정치가 썩은 건 일본도 우리와 별반 다를 게 없다는 건, 모두가 주지하는 사실이다.

우리나라가 세계에서 부패지수 45위라는 사실에 놀라는 국민은 별로 없을 것이다. 당연히 그러려니 하고, 오히려 실상은 더 썩어 있을 거라 생각하는 사람도 많은 것 같다.

그 부패의 정점은 어디일까?

정치다. 부패하고 무능한 정치가 우리를 한 발짝 앞으로도 못 나가게 가로막는 것이다.

이제는 그런 사실을 모르는 국민은 별로 없는 것 같다.

그렇게 정치를 혐오하고 정치인을 욕하면서도 한편으론 그것에 관심을 가지며 기대하고 있다. 혹시나 좋은 정치인이 나오려나? 그래서 세상이 바뀌려나? 하면서 말이다.

하지만 그들은 세상을 바꿀 수 없다. 어찌 보면 대한민국에서 가장 영리한 집단이면서 최고의 기득권자들인 그들이, 과연 세상을 바꾸려 하겠는가?

세상이 바뀌고 좋아지면 그들은 밥그릇 걱정을 해야 한다. 좋은 세상에선 정치인이 별 할 일이 없기 때문이다.

오늘도 우리는 막노동하면서 나라 걱정하는데, 그들은 지금 무슨 생각을 할까? 단언컨대 그들은 어떻게 하면 정권을 연장할까? 정권 탈환을 어떻게 해야 하나 그런 걱정밖에 없다.

우리 손으로 세상을 바꿔야 하겠는데 무엇으로 바꿀 것인가?

배려다!!
배려가 있어야 세상이 바뀐다.
우리가 선진국이 되지 못하는 한 가지!
우리가 일본을 따라잡지 못하는 유일한 한 가지!
일본은 되고 우리는 안 될 이유가 없다. 우리 민족만큼 영리한 민족도 없다. 응집력과 단결력은 IMF 때 금 모으기 등으로 세상을 놀라게 했다.

고다이라 나오 선수의 기록을 부러워할 게 아니라, 우리 선수를 뛰어넘은 순위를 질시의 눈으로 바라볼 게 아니라, 그녀의 그 배려를 존중해야 한다. 그것을 배우고 그것을 실천하려 애쓸 때, 대한민국이 진정으로 세계에서 우뚝 서는 나라가 될 것이라 확신한다.

관례(慣例)란?

편리하면서 당연시되지만 생각하기에 따라 아주 모호하기도 한 단어. 행동을 동반한 '관행'이라는 말과 함께, 우리 문화 깊숙이 들어와 있으면서 생활의 일부분이 된 단어. 헌법을 비롯해 우리가 사용하고 있는 모든 규범 중에 최하위에 있는 것 같으면서, 법이라고 하기는 애매하지만, 어쩌면 그 모든 법의 우선에서 군림하고 있을지도 모르는 단어가 '관례'이다.

'전부터 해 내려오던 전례가 관습으로 굳어진 것'이기 때문에, 세상은 이 관례에 의해서 돌아가고 있다고 해도 과언이 아니다. 동창회 같은 데서 회칙을 만들 때도 들어가고, 동네 친구들 모임에도 쓰인다. 크게는 '전관예우' 같은 것도 관례이고 관행이다.

그렇게 편리하고 다양하게 사용되지만, 문제는 명문화된 성문법이 아니다 보니, 관점에 따라 다양한 해석이 가능하다는 것이다. 필요할 때마다 갖다 쓰지만 악용될 소지도 충분히 있다는 얘기다.

더 큰 문제는 잘못된 관례이다. 관례라고 다 좋은 것만 있는 게 아니고, 잘못된 것도 분명 있다. 앞에서 얘기한 전관예우 같은 게 왜 필요한지 필자의 좁은 소견으론 이해가 가지 않는다.

또 한 가지는 그것 때문에 고정관념, 편견 등이 생긴다는 것이다. 고정관념이나 편견은 말 그대로 한번 굳어지면 바로잡기는 정말 힘들다. 그만큼 위험한 것이 관례이기도 하다.

세상에는 똑똑한 사람은 많지만, 소신이 있는 사람은 적은 것 같다. 조직은 말 잘 듣고 영리한 사람은 좋아하지만 튀는 사람은 싫어한다. 조그만 모임에도 그렇고 큰 단체에서도 마찬가지다. 전체의 의견을 재빨리 해석해서 수렴하는 사람은 살아남고, 전체의 뜻과 다른 생각을 가지고 행동하는 사람은 배척당하기 십상이다.

'모난 돌이 정 맞는다.'라는 속담이 우리나라에만 있는 속담인지 모르겠지만, 내가 보기엔 그것과 정확히 맞아떨어진다.

"세상 사람들은 규칙을 지키는 것이 가장 중요한 가치라고 생각하지만, 나는 반대로 규칙을 뒤집었을 때, 우리에게 가장 필요한 새로운 규칙이 탄생할 것이라고 믿는다."

— 아인슈타인 노벨물리학상 수상 연설에서

이제는 다양성의 시대이다. 흑과 백만 있는 게 아니라 다양한 색깔과 생각을 가진 사람들이 공존해야 하는 사회이다. 내 뜻과 다르다고 배척하고 관행과 다른 행동을 했다고 도외시한다면, 세상은 더 이상 발전하지 못한다. 관례가 잘못됐으면 고쳐야 한다. 성문화되지 않았다고 못 고치는 건 아니다. 더 좋은 관례를 지금부터 만들어 가면 된다.

관례란 깨지기 위해 존재하는 것이다. 수십 수백 년을 이어 온 관행이 현재에 와서 딱 맞기는 힘든 법이다. 몸에 맞지 않은 옷은 바꿔 입어야 한다. 젊은이의 행동이 어른과 다르다고 해서 그 사람들을 나무랄 것인가? 분명 그들은 그들 나름의 문화가 있는데 말이다.

관례라는 미명 아래 자행되었던 잘못된 관행들, 그 잘못된 관행이 사라지지 않으면, 이 사회는 더 이상 앞으로 나아가지 못한다.

이 사회 모든 기득권자의 전유물인 양, 그들에 의해 '전가의 보도'처럼 사용됐던 그 잘못된 관행들이 타파했을 때, 우리 사회를 옥죄고 있던 고정관념, 편견 또한 사라질 것이고, 그때 비로소 밝아진 세상을 만날 수 있을 것이다.

도둑도 직업인가

　결론부터 말하면 직업이다. 강도도, 도둑도 직업이다. 직업란에 적기는 쉽지 않겠지만, 직업인 것만큼은 사실이다. 세상에 존재하는 다양한 종류의 직업 중 하나일 뿐이다. 어쩌다 한번 하는 도둑질을 직업이라고 할 순 없겠지만, 계속해서 반복한다면 분명 직업이다.

　세상에 나서면서, 본인이 좋아하고 하고 싶어서 하는 일도 있겠지만, 본의 아니게 어쩔 수 없이 하는 일이 훨씬 더 많은 것 같다. 적성이라고 하는데 그 적성에 맞는 즐거운 일을 하는 사람이 얼마나 될까?

　열심히 공부해 대학까지 나와서 사회에 진출해도, 전공에 맞는 일을 한다는 게 쉽지 않다. 그런 점에서 도둑은 상당히 괜찮은(?) 직업이다. 어쨌든 적성에 맞는 직인 것만은 사실인 것 같다. 적성에 맞지 않으면 할 수 없는 직업이라는 생각이다. 그렇게 적성에 맞는 일을 즐겁게 하는 것이 도둑이다.

그런 일(적성에 맞는)에 맞는 직업을 거론하자면 운동선수, 연예인 정도가 떠오른다. 그들도 대부분 일을 즐기면서 수입도 상당히 좋아 보이니 모두가 부러워하는 직업인데, 그런 점에선 도둑도 그에 못지않은 영역인 것 같다.

또한 도둑은 정직한 직업이다. 노력한 만큼 벌고, 잘못하여 들키면 감옥에 잡혀 들어가는 위험을 감수하며 하는 일이다. 얼마 전 상영된 '도둑'이라는 영화가 상당히 재미있었다는 걸 상기한다면, 필자의 이야기가 황당하게만은 들리지 않으리라 생각한다.

도둑이 직업이라면 세상에는 정말 직업을 도둑이라고 써야 할 사람들이 너무 많다. 진짜 큰 도둑질은 자기들이 하면서 도둑을 잡겠다고 설치는 사람들, 자기는 도둑보다 훨씬 더한 비양심이면서도 도덕군자인 양 행세하는 사람들, 그런 사람들이 모든 이들 위에서 군림하며 세상을 쥐락펴락하고 있다. 그렇게 세상은 요지경 속에서 흘러가고 있다.

오래전 '무전유죄 유전무죄'를 외치며 세상과 인질극을 벌였던 지강헌 사건이 전해준 메시지가 30년이 지난 지금에도 전혀 변하지 않고 있다는 게 개탄스러울 뿐이다.

얼마 전 "부국의 조건"이라는 책을 읽으며, 북유럽의 스웨덴과 가까운 나라 싱가포르가 부국일 수밖에 없는 가장 큰 이유가 지도자의 도덕성이었다는 사실을 접하고, 우리나라와 비교해 보며 많은 생각을 하게 되었다.

우리나라에는 그보다 더 훌륭한 지도자가 있었다는 사실을 새삼 떠올리게 되었다. 필자가 기억하는 암울했던 과거에서 이렇게 살기 좋은 세상이 되기까지, 그리 오랜 기간이 소요되진 않았는데, 이렇게 된 가장 큰 이유는 한 분의 위대한 지도자가 계셨기 때문이 아닐까?

그런 위대한 지도자를 살면서 만날 수 있었다는 사실은, 이 시대를 사는 한 사람으로서 큰 행운이라 여겨진다.

문제는 그 이후인데, 사실 오랫동안 정체상태에 머무르고 있는 것 같다. 세상이 그만큼 민주적으로 흘러가고 있는 것도 사실이지만, 무엇보다 믿을 수 있고 청렴한 지도자가 없다는 게 문제인 것 같다.

국가를 생각하고 국민을 우선시하는 지도자는 어디에서도 찾을 수 없다. 자신의 안위를 걱정하고, 모든 걸 정략적으로 계산하는 대통령만 있을 뿐, 진정한 지도자는 없다. 앞으로도 당분간은 그런 지도자는 찾을 수 없을 거라는 생각이다. 그것이 어쩌면 시대적 흐름일 수밖에 없는 대한민국의 현실이기 때문이다.

이제는 국민이 스스로 깨어나야 하는 시대로 변모하고 있다. 나라의 주인인 국민 스스로 깨어나 정치를 변하게 만들고, 세상을 보다 살맛 나는 곳으로 만들어야만 한다. 우리는 그럴 수 있는 능력이 있다. 또한 그것이 시대적 소명이다.

도둑이 직업이라고 해서 그것을 선호하는 사람은 없을 것이다. 또한 도둑을 연예인, 운동선수 등과 비교(?)했다고, 혹시라도 오해하시는 그런 분야 종사자들은 안 계시겠지만, 필자가 우려스러운 건, 그런 농담조차도 우스개로 들리지 않을 수도 있다는 현실이다.

이 땅에 진정으로 진실한 사람이 대접받으며, 정직함이 최고의 가치로 칭송받는 그날을 기대하면서 또 하루를 마감한다.

정직함이란?

　인간이 맨 처음 세상에 태어나면서 어떻게 태어났는가? 그다음 무엇을 배우고 어떻게 살아가는 법을 깨우치는가?

　말을 배우며 처음부터 거짓말을 배우진 않았을 거고, 글을 깨우치면서 거짓부터 알아가진 않았을 텐데… 웬일인지 세상에는 거짓이 난무한다. 거짓이 세상을 지배한 느낌이다. 거짓말이 능력이고 거짓으로 온통 세상을 바꿔 버린다. 적어도 내가 태어나고 뿌리내려서 살고 있는 세상, 이곳 대한민국에서는…

　정직은 타고난 가치이고 인간의 본성일 수밖에 없는데, 어떻게 그것이 이만큼이나 훼손되고, 이만큼이나 왜곡됐는지 많은 생각을 하게 된다. 왜 진실을 숨을 죽여야 하며, 정직함은 무능력자의 상징이 돼 버렸을까? 원인을 찾던 중 결국은 '정치'를 떠올리게 된다.

　거짓말을 최고로 잘하고 또 그것을 가장 잘 이용하는 집단이 정치인이다. 거짓을 교묘하게 포장해서 진실로 둔갑시키고, 그것으로 국민을 선동해서 자기들의 이익을 챙긴다. 그런 사람들이 능력자이고, 그런 사람들이 대한민국의 정점에 있는 사람들이다.

링컨 대통령이 미국의 가장 위대한 대통령으로 기억되고 있는 이유는 무엇일까? 링컨 대통령뿐만 아니라, 초대 대통령 조지 워싱턴을 비롯한 존경받는 대부분의 대통령이 지녔던 최고의 가치는, '정직과 진정성'이라고 한다. 그러니까 미국이란 나라는 정직과 진정성이 국민에게 최고로 존경받는 가치이고, 결국 그것으로 그 나라의 국격이 유지된다고 할 수 있는 것이다.

굳이 미국을 예로 들지 않더라도 민주주의의 근간이 정직이어야 한다는 사실은 불변의 진리이다. 정치 지도자가 정직하지 않은 세상에 국민이 정직하기는 힘들다. 정치와 민생을 떼어놓을 수는 없기 때문이다.

미국이라는 나라는 일찍부터 민주주의가 형성되면서, 비교적 정착이 잘 됐기 때문에 그런 내재된 가치가 쌓였겠지만, 우리도 이제는 민주주의 맛을 조금이나마 본 나라이기에, 그 정직함의 가치가 어떤 건지는 한 번쯤 되새겨 봐야 하지 않을까?

돌아가신 대통령을 거론할 생각은 없다. 전·현직 대통령을 싸잡아 욕할 생각은 더더욱 없다. 하지만 정직함이 지닌 진정한 아름다움은 꼭 말하고 싶다. 정치를 논하고 싶은 생각도 없고, 그럴 가치도 없다고 생각하지만, 그것을 빼고는 진실을 논하고, 정직을 말하기가 어렵기 때문이다.

이 땅에 진정 정직하고 진실한 대통령, 지도자가 언제쯤 나올 것인가?

그리하여 대한민국의 하늘 아래 진실이 춤을 추고, 정직함이 최고의 가치로 추앙받는 그날이 언제쯤 올 것인지 많이 기다려진다.

정의감 그리고…

어릴 적 청소년기를 막 지나 이십 대 초반의 혈기 왕성했던 시절, 괜한 반항심과 적개심으로 싸움을 참 많이 하고 다녔었다. 잘하지도 못하면서…

초저녁은 조금 지난 시간이었던 것 같다. 술이 제법 취한 상태에서 집으로 들어가던 중이었는데, 저 앞쪽에서 여러 명이 한 사람을 심하게 때리는 것이 보인다. 남녀 할 것 없이 대여섯 명 정도 되는 사람들이 한 사람을 때리고 있기에 무작정 뛰어가서 말리다 보니까, 맞고 있던 사람이 갑자기 "형님!" 하면서 나를 붙잡고 늘어진다. 그러다 보니 때리던 사람들도 덩달아 "이놈도 한패다"라고 하면서 나까지 구타한다. 영문도 모른 채 맞지 않으려고 같이 싸우게 되었는데…

언제 신고를 했는지 모르지만 조금 있으니까 경찰이 들이닥쳤다. 그래서 결국 파출소까지 가게 된다. 나중에 알게 된 사실이지만 맞고 있던 사람이 상당한 잘못을 저질렀던 모양이다. 죄를 짓고 도주하다 잡혀서 그렇게 맞고 있었던 모양인데, 전후 사정을 잘 모르면서 나서다 보니 나까지 휘말리게 되었던 것이다.

나중에 모든 정황이 드러나면서, 나 또한 그 사람과 모르는 사이라는 것도 밝혀졌지만, 같이 싸웠다는 것만으로 경찰서 보호실 신세를 지고, 다음날 재판을 받고서야 풀려났다.

그때는 '정의'의 개념조차 모르면서 그런 게 나름대로 정의로운 일이고, 진정한 용기라고 생각했었던 것 같은데, 이제 와서 생각하면 쓴웃음이 나지만, 그래도 지금의 비겁한 나보다는 그때가 훨씬 인간미가 있었던 것 같기는 하다.

'정의감(正義感)'은 인간이 갖추어야 할 가장 기본적인 덕목 중의 하나로 '정의를 추구하는 생각이나 마음'을 말한다. 이 정의감이 없는 집단은 범죄 집단일 수밖에 없고, 정의의 개념이 없는 사회는 상상조차 할 수 없는 일이다. 모든 나라는 정의를 기본으로 법과 질서를 만들고 국가의 기틀을 잡는다. 그러니까 그 사회 구성원 개개인의 정의감이 충만한 사회는 건강하고 튼튼한 사회가 될 것이고, 그렇지 못한 사회는 범죄와 무질서가 횡행하는 타락한 사회가 되는 것이다.

살다 보면 옳고 옳지 않은 일을 구별하기 힘든 경우가 간혹 있다. 바른 일이라고 생각했던 일이 잘못된 일일 수도 있고, 별 생각 없이 행한 일이 정의로운 일이 될 수도 있는 일이지만, 한 가지 분명한 것은 스스로 정의감을 가지고 행했느냐는 것이다.

스스로 정의감으로 행동했다면, 설사 그 행동이 잘못된 결과로 나타날지라도 최소한 양심에 저촉되는 일은 없을 것이다.

결국은 양심(良心)이다. 정의도 좋고 정의감도 가져야 할 덕목이지만, 그 모든 것에 우선해서 양심을 속이진 말아야 한다고 생각하는데…

요즘 고위 공직자나 관료들이 잘못을 저질러, 조사를 받거나 재판을 받으러 가며 "조사해서 잘못이 밝혀지면 사퇴하겠습니다"라고 말하는 걸 종종 듣는다. 그 말을 자세히 들여다보면, 자신은 죄가 있는 걸 알고 있지만 조사해서 밝혀지면 죄를 받고, 그렇지 않으면 그뿐이라는 생각인 것 같다.

양심은 어디에도 보이지 않는다. 물론 양심이 밖으로 보이는 건 아니지만, 말 한마디 행동 하나에서도 볼 수 있는 게 양심이기도 하다.

그런데 요즘의 어떤 이는, 그런 것조차도 없이 무조건 끝까지 버티려는 생각만 하는 것 같다. 국민 대다수가 알 수 있는 일을 자기만 모르쇠로 일관하고 있는 것도 문제지만, 인사청문회에서 각종 의혹이 제기되고 가까운 가족들까지 검찰 조사를 받는 사실까지도 "의혹만으로 임명을 거부할 수 없다"라고 말하는 임명권자도 대단하다는 생각이다.

그런 걸 보고 있는 우리 국민만 한심한 사람들이 되는 것 같다.

'아니 땐 굴뚝에 연기 나지 않는다.'라는 우리네 속담도 있지만, 그것을 말하지 않더라도 여러 의혹이 속속 드러나고 있는 지금까지도 그렇게 버티고 있다는 건, 국민과 국가를 너무 우습게 보는 것 아닌가 싶어, 본의 아니게 바보가 된 대한민국 국민의 한 사람으로서 부끄러움과 함께 분노를 금할 길 없다.

이 사건이 어떻게 결말지어질진 아무도 모르겠지만, 60여 년을 살아온 필자의 경험으로는 이런 수치스러운 일은 없었던 것 같아 언급하기도 부끄럽지만, '정의와 평등'을 외치고, 그것을 전가의 보도처럼 행사하던 이 정권의 민낯을 보았다는 것이 그나마 다행이라는 생각이다.

정의를 말하기는 쉽다. 행사하기도 어렵지 않다. 하지만 위정자가 그 잣대를 남에게만 향한다면 그것은 폭력이다.

정의감이 있어야 정의를 분별하는 능력이 생긴다고 본다. 그와 함께 스스로의 양심에 따라 행동하겠다는 확실한 의지만 있다면, 이 사회는 진정으로 공정한 사회, 정의로운 나라가 될 것이라고 믿는다.

오늘 이 시점, 부끄럽기도 하고 슬프기도 하지만, 이런 사건들이 또 한 번의 시행착오를 겪고 있는 것이고, 또한 전화위복이 될 거라는 걸 믿기에! 대한민국이 그렇게 쉽게 무너질 나라가 아니라는 걸 알기에! 그래도 희망을 말하고 싶다.

○

도덕이란?

조○ 씨의 법무부 장관 지명 여부를 놓고 나라가 굉장히 시끄럽다. 무슨 펀드를 불법으로 조성했다느니, 딸의 부정 입학에 관여했다느니, 여러 가지 불법 혐의에 얽혀 말이 많다. 그래서 지명철회를 할 것인가, 스스로 사퇴하게 할 것인가, 그냥 지명으로 밀어붙일 것인가를 임명권자인 대통령이 숙고한다는 소리가 들린다.

요지경인 세상에 더 볼썽사나운 뉴스를 보고 싶지 않지만, 들리는 건 어쩔 수 없는 일이다.

"법무부 장관이 되어도 내 가족에 대한 조사는 일절 보고받지 않겠다."

이 말은 조 후보자 본인이 한 말이다.

소가 웃을 얘기고, 웃고 있는 고사용 돼지 대가리 보기 부끄러운 말이다. 그건 정말 대한민국을, 대한민국 국민을 바보로 보고 하는 말이다. 물론 급하면 무슨 말을 못 하랴마는, 검찰을 개혁하고자 법무부 장관이 되겠다고 하는 사람이, 자기 가족이 연루되고 본인마저 의심받고 있는 사안을, "법무부 장관이 되면…" 운운하는 것도 우습지만…

평소에 세상을 어떻게 바라보고, 또 어떻게 살았는지가 아주 궁금하다. 또한 그런 사람이 이 정권이 실세로 있다고 생각하니… 오로지 부끄러울 따름이다.

최근 인터넷에 '후안무치(厚顔無恥)'라는 말이 떠도는데, '내로남불'과 더불어 이 정권의 민얼굴을 제대로 보여주는 말이 아닌가 생각한다.

그리고 또 한 가지. '인사청문회'를 왜 하는지 모르겠다. 내 기억으론 20여 년 전부터 이런 법이 생긴 것 같다. 종전에는 우리 소시민으로서는 알 수 없는 고위공직자의 능력과 도덕성을 간접으로나마 조금은 검증할 수 있을 것 같기도 하고, 또 한편으론 우리나라도 이제 선진국이 돼 가는 것 같아 제법 재미있게 봤었는데 말이다(인사청문회는 아니지만, 청문회 때 인기를 얻어 대통령이 된 사람도 있고).

지금은 그런 법 자체가 필요 없을 것 같다. 청문회에서 문제가 지적되어 상당한 하자가 있는 것 같아도, 며칠만 지나고 나면 임명이 되는데 그런 청문회라면 필요가 없다. 그것은 오로지 형식적인 절차이고, 보여주기식 요식행위이다. 그러면 국회조차 필요 없지 않을까 하는 생각이다.

60여 년을 살면서 대한민국 국민임을 자랑스러워했지만, 요즘은 많이 부끄럽다. 그 모든 게 '도덕성의 결여'에서 오는 일들이다. 대한민국은 민주공화국이고 법치국가이다. 그 때문에 법이 기본이다. 하지만 법 이전에 도덕이 우선되어야만 한다. 도덕이 바로 서지 않으면 법은 법이 아니다. 물론 '악법도 법'이겠지만 정의롭지 못한 법은, 범죄 집단의 도구나 수단이 될 뿐이다.

도덕이 심하게 결여되면, 자기의 잘못을 자기가 모른다. 무엇이 잘잘못인지의 기준이 없기 때문이다.

간혹 TV 뉴스나 영화를 보면, 살인자가 자기의 잘못을 잘 모르고, 살인이 죄라는 사실조차 인식하지 못하는 것을 볼 수 있는데, 사회 전체가 이처럼 되는 날이 오지 않는다는 보장이 없다.

도덕이 무너진 나라는 미래가 없다.

도덕이 무너져서 붕괴한 정권은 다른 정부가 들어설 수도 있겠지만, 무서운 건 국민이 도덕성을 잃는 거다.

국민이 도덕성을 잃으면 나라가 무너진다.

도덕이 결여된 정치인, 위정자는 국민이 배척하면 되겠지만, 국민이 도덕성을 상실한다면 더 이상 미래는 없다.

　지금 이 순간 그 누구를 탓하기 이전에, 스스로의 인생을 되돌아보고, 내 인생을 통틀어 정의로웠는가? 양심적이었는가? 한 번쯤 되새겨 볼 필요가 있다. 사람은 누구나 필요에 따라 약간의 '불의'를 품고 있겠지만, 그것이 나도 모르는 사이에 정의를 지배하고 있지는 않은지, 깊이 생각해 볼 때이다.

정치와 민생

대한민국 사람 열 명을 모아 놓고 물어보면, 열 명 모두 다 정치를 정치인을 혐오한다고 대답한다.

그렇게 왜 우리는 정치에 일희일비하고 정치에 집착하는가?

정치가 곧 민생이기 때문이다. 정치로 인하여 내가 살고 우리 삶이 질이 결정되는 것 또한 사실이다.

그래서 우리 서민은 정치에 목을 매는데, 정작 정치를 하는 위정자들은 어떤 생각을 가졌을까. 정치를 하면서 국민을 생각하고 서민의 입장을 헤아리며 정치를 하는 사람이 과연 몇이나 될까. 단언컨대 한 사람도 없다. 오로지 자기의, 자기가 속한 당의 이익만을 향할 뿐이다.

정치를 하면서 국민 모두를 아우르진 못할 수도 있다. 그래서 여가 있고 야가 있다. 그래서 네 편 내 편 편이 갈리고, 그래서 멱살 잡고 싸움질하는 것처럼 보인다.

하지만 그 모든 것이 사실은 쇼하는 것이다. 그렇게 해서 내 편이 많아진다면, 코피 터지는 일은 아무것도 아니다. 그래서 내 편을 많이 만드는 일, 그것이 정치이다. 그 놀음에 국민을 선동하고 이용하면서 볼모로 잡고 있는 것이다.

국민은 과연 언제까지 이 놀음에 놀아날 것인가. 국민이 없는 국가는 있을 수 없고, 민주주의 이념은 국민이 주인이라는데, 언제까지 주인이 자칭 머슴이라는 정치인에 농락당하며 살아야 하나.

무관심이어야 한다. 우리는 우리대로 우리 일하면 된다. 정치는 그 사람들끼리 하도록 놔주자. 우리가 신경 안 써도 그 사람들은 그만큼의 일은 한다. 자기들끼리 쇼를 하더라도 할 만큼은 하게 돼 있다. 국민이 뽑아 주었고 국민의 혈세로 살면서 국민의 눈을 의식하지 않을 순 없다는 것 정도는 그들도 알고 있다.

무관심이 우리가 할 수 있는 최대의 권리이다. 다가갈 수도, 참여할 수도 없으면서 흥분하고 울분을 토하는 일을 언제까지 반복할 것인가? 그런 걸 이용하는 게 정치라는 걸 다시 한번 인식하고, 조용히 지켜보는 성숙한 시민의식이 제대로 필요한 시점이다.

민주국가 국민의 최대의 권리는 어쩌면 투표권일지 모른다.

그런데 우리가 간과하는 하나는, 기권도 권리라는 것이다. 투표하는 권리가 큰 만큼, '권리를 포기하는 권리'인 기권도 엄청난 권리에 속하는데, 언제부터인가 기권하면 큰 잘못인 것처럼 홍보하고, 또 그렇게 인식하고 있다.

정치를 혐오하고 정치인을 욕하면서 투표는 꼭 해야만 하는가?

정치가 혐오스럽고 정치인이 마음에 안 든다면 기권해야 한다. 좋은 사람이 없으면서 차선을 택한다고 억지로 투표하면, 결국 그것이 정치에 농락당하는 것이다. 그렇게 또다시 후회를 반복해서는 안 된다.

정치인은 똑똑하다. 어쩌면 대한민국에서 가장 영리한 사람들이 모인 집단이라고 할 수 있다. 그러기 때문에 재빨리 민심을 읽을 수 있다. 만약 국민 대다수가 기권하고, 투표율이 상당히 저조하다면, 그들은 어떤 생각을 가질까?

물론 그래도 네 탓 내 탓 하면서 싸울지도 모른다. 그것이 그들의 본모습이기 때문이기도 하겠지만, 그런 무관심이 몇 번만 반복된다면, 그들도 마냥 그렇게 국민의 혈세를 축내고 있지만은 않을 거라 확신한다.

이제 세상은 일부 정치인이나 대통령이 좌지우지하는 시대는 아니다. 성숙한 시민의식으로 세상을 바꾸어야 할 때이다.

혐오스러운 것으로부터의 무관심으로 우리의 에너지를 축적해서, 더 좋은 곳, 더 아름다운 일에 집중한다면, 머잖아 세상은 향기롭고 살맛 나는 곳으로 바뀌어 있지 않겠는가?

배려가 세상을 바꾼다

"왜 우리는 계속 선진국의 문턱에서 주저앉고 있는가? 그 답을 우리는 윤리에서 찾는다."

— KBS 명견만리 '윤리' 편: 2018년 한국투명성기구에서 발표한 국가별 부패인식지수 국가 청렴도 51위에서 45위로 상승(2019년 1월 29일)

앞엣것은 얼마 전 읽은 책에서 발췌한 부분이고, 아래 기사는 오늘 아침 네이버 검색을 하다가 우연히 본 기사이다.

우선 아래 기사의 이 헤드라인만 보면, 우리나라의 부패 정도가 상당히 나아진 것 같이 보인다. 하지만 45위라니… 경제력 12위의 경제 대국이고 35개국 정도 되는 OECD 가입국인데…

정말 부끄럽지만 이것이 현실이다. 사실 나로선 그마저도 믿고 싶지 않은데 말이다.

그럼 우리가 과연 그렇게 부패한 나라이고 부패한 민족인가?

우리가 이 정도로 부패한 민족은 분명 아니라고 생각하지만, 이렇게 된 이유를 한 번쯤 되새겨 볼 필요는 있다.

해방 후 서구 문물, 특히 자본주의의 급격한 유입과 함께, 3년간의 내전을 겪으면서 살아남아야 한다는 절박함으로 자본이 곧 생명일 수밖에 없었다.

그 자본을 쟁취하기 위해선 남을 밟고 올라서야만 했었고, 또 그렇게 살아온 사람이 성공하는 걸 보고 자란 사람들이, 아직도 이 사회의 기득권자로 남아 있다.

권력과 결탁하고 가진 자와 줄을 댈 수 있으면 능력자다. 그렇게 권력의 맛을 본 자에게는 또 그런 비슷한 인간이 기생한다. 권력과 결탁한 것보다 더한 문제는 "부정한 방법으로 비축한 힘은 또 다른 부정을 야기할 수밖에 없다."는 사실이다.

비근한 예를 하나 들자면, 건설현장 관리자 중 최하위 직급인 속칭 노가다 반장이란 자도 부패의 맛을 본다는 걸 알았다. 임금 외의 뭔가를 챙겨간다(막노동하면서 안 사실이지만 묵시적으로 인정하는 관행으로 되어 있는 모양이다).

현장의 가장 낮은 직급자가 이 정도이니 그 윗선은 두말할 필요도 없는 거라 본다.

직장에서의 수입이 월급이나 보너스, 연봉 아니면 성과급, 정도가 전부가 아니라 업무 외의 뒷돈을 바라거나 생긴다는 게 상식이 아닌 것 같지만, 그 상식이 아닌 것이 상식이 되어 버린 지오래다.

혹자는 건설업 등에서 횡행하는 하도급이 문제라는데, 그 또한 총체적 비리의 온상이 될 수밖에 없는 구조로 되어 있는 것 같이 느껴지지만, 그 법이 합법이라는 데는 더 이상 할 말은 없다.

부패가 능력인 세상에 정직은 발붙일 곳이 없다. 정직하게 말하고 정직하게 행동하면 어리석고 무능한 사람으로 낙인찍힐뿐이다. 요새 말하는 왕따가 되기 십상이다. 오히려 그 정직이거짓으로 둔갑하기도 한다. 진실은 결국 밝혀진다는데, 그것도아직은 다 그렇지만은 않다는 생각이다.

그러면 우리는 어떻게 하면 이 안타까운 부패의 고리를 끊을 것인가?

정치가 맑아지면 나아질 것인가?

대통령을 잘 뽑으면 괜찮을까?

물론 대통령이 청렴한 사람이 되면 좀 나아지긴 하겠지만, 그렇게 될 가능성을 희박하다고 본다. 이미 이 나라는 대통령을 중심으로 모든 권력이 집중돼 있기에 지금의 이 부패도 정점은 대통령일 수밖에 없다. 그 대통령이란 사람, 외국에서 수입한 분이 아니고 우리나라 사람이다. 그리고 시골에 살던 촌로가 갑자기 나타난 것도 아니고, 권력의 힘을 보고 또 보면서 정치를 하던 사람이 대통령이 되는데, 그분이 신은 아니지 않은가?

괜히 전·현직 대통령을 싸잡아 욕하자는 게 아니다. 우리나라 부패지수가 그렇고 권력구조가 그렇다는 거다.

모든 부패는 권력에서 나온다. 권력에 힘이 있고 권력에 정보가 있고 또한 그 안에 돈이 있기 때문이다. 우리나라 제일 갑부 정 모 씨도 결국 그 권력은 손에 쥐지 못하고 돌아가시지 않았는가?

요즘 와서 부쩍 통일 이야기를 많이 하고 머잖아 통일이 될 것 같은 분위기인데, 이것은 더 심각한 문제이다. 결론부터 말하면 아직은 통일이 돼선 안 된다.

아직도 우리 서로를 믿지 못하고 반목하며, 지역 간, 세대 간, 계층 간의 갈등이 심각하고 사회에 부패가 만연하다.

분양 동과 임대 동이라는 이유로 같은 아파트 중간에 철조망을 치는 게 작금의 현실이다.

북한은 또 어떤가? 직접 경험하진 않았지만, TV 등에서 들리는 탈북민들의 증언을 들어보면, 뇌물로 통하지 않는 게 없다는데, 안 봐도 빤한 사실이다. 우리나라 6, 70년대를 떠올려 보면 유추가 가능한데, 빈곤은 어쩔 수 없는 부패의 온상일 수밖에 없다. 이런 상황에서 통일이 된다면 정말 끔찍한 일이다. 수십 년, 아니면 수백 년 동안 싸움으로 지샐 게 뻔하다.

세상이 바뀌어야 하는데 대책은 없는 걸까?

정치로는 절대 세상을 바꾸지 못한다. 사실 정치는 그들만 하는 거나 다름없다. 그들은 세상이 좋아지면 자기들의 역할이 줄어들기 때문에, 오히려 세상이 바뀔까 전전긍긍할 뿐이다.

얼마 전 일어난 촛불시위가 세상을 바꿨다고 생각하는 사람도 있겠지만, 그것은 조그만 변화일 뿐이다. 세상은 그렇게 시위나 데모로 바뀌진 않는다. 그것은 정치이다. 정치는 정권을 바꾸고 대통령을 바꿀 순 있는지 모르겠지만 세상을 바꾸진 못한다.

촛불시위로 얻은 건 분명 있다. 이제는 우리도 권력을 견제하는 세력이 됐다라는 것이다. 국민이 권력이라는 민주주의의 기본 원칙을 조금은 맛봤다는 것도 상당히 큰 소득이다.

배려이다! 배려가 세상을 바꾼다!!

사실은 우리는 그동안 너무 배려를 모르고 살았다. 나 하나 먹고살기 힘들면서 가족 또한 챙겨야 했기에 주위를 돌아볼 여유가 없었다. 그러다 보니 자연히 내가 잘되고 봐야 한다는 이기심이 너무 팽배해져 버렸다.

이제는 어떤가? 젊은이들은 잘 모르겠지만, 내 어릴 때와 비교하면 지금은 정말 많이 좋아졌다. 먹는 걱정할 필요가 없어졌고, 돈이 없어 공부 못 하는 아이도 없다. 다른 모든 면에서 사는 게 많이 여유로워졌다는 건, 나와 같은 세대라면 절대다수가 인지할 수 있는 사실일 거라 생각한다.

하지만 세상이 더 삭막해진 것은 왜일까? 그것은 이기심이다. 가지려는 이기심과 함께 이제는 지키고자 하는 이기심이 더해지다 보니, 더더욱 세상이 삭막해져가는 것 같다.

나를 지키고자 하는 이기심이 잘못된 건 분명 아니지만, 이제는 주위를 돌아봐야 한다. 이제야말로 배려를 생각해야 할 때이다.

필자가 10여 년 전에 겪은 얘기이다. 시내에서 식당을 할 때였다. 할머니부터 애까지 가족끼리 식사를 하러 왔었다. 몇 살인지는 잘 모르겠지만, 이제 겨우 걸음을 배운 지 얼마 안 돼 보이는 아이가 룸 형태로 되어 있는 테이블 사이를 정신없이 뛰어다니기에, 다칠 것 같은 걱정과 함께 다른 손님들에게 피해를 줄수 없어, 어르고 달래다가 어른들에게 몇 번의 주의를 주었는데 반응이 없더니, 나중엔 자기 애 기죽인다고 화를 내는 것이었다.

정말 어이가 없었지만, 손님인지라 더 이상 얘기도 못 하고, 다른 손님들에게 양해를 구하고 지켜볼 수밖에 없었다. 그렇게 뛰어다니던 아이는 결국 테이블 모서리에 넘어져 다치고 말았는데… 부랴부랴 병원까지 달려가는 걸 바라볼 수밖에 없었다.

그때 그 어른 중 단 한 사람만이라도, 내 아이의 소중함과 함께 주변의 다른 사람을 의식하고 배려하는 마음이 조금이나마 있었더라면, 그렇게까진 안 되지 않았을까 하는 안타까운 심정이다.

그래서 배려를 알아야만 한다. 배려는 능동적이고 적극적인 의사의 표현이다. 양보는 마지못해 억지로 할 수 있지만, 배려는 그렇지 않다. 버스나 지하철의 노약자석은 양보해야 한다는 수동적인 의무의 표시이고, 노약자석이 아니더라도 불편한 사람에게 자리를 양보하는 것은 배려이다.

배려는 돈이 들지 않고 힘든 일도 아니다. 하지만 배려는 능동적이어야 한다. 행동하지 않는 것은 배려가 아니다. 적극적인 의사 표현을 할 수 있는 용기가 필요하다.

배려해서 가장 좋은 점은 내가 기분이 좋아진다는 거다. 내가 기분이 좋으면서 상대를 기쁘게 할 수 있다면, 이보다 더 좋은 일이 어디 있겠는가. 그러면 이것 또한 중독되지 않겠는가. 중독되고 전염까지 되어서 그렇게, 그렇게 마음이 이어진다면, 세상이 아름다워지는 것이 먼 나라 얘기가 아니고, 그리 오래 걸릴 일 또한 아니라는 걸 알게 될 거라 확신한다.

그러다 보면, 머잖아 분양 동과 임대동 사이의 철망이 사라졌다는 소식이 들릴 거고, 그때가 되면 남북의 철책은 어렵지 않게 걷어질 거라 믿는다.

세상이 변하는 건 나부터이다. 어렵지 않고 힘들지도 않은 일!
이 아름다운 일에 나부터 동참하는 것!!
정말 기쁜 일 아니겠는가?

한국, 한국인

　이 글을 마지막으로 마무리 인사에 갈음합니다. 저는 더 이상 글을 쓰지 않을 겁니다. 아니 글을 쓸 순 있겠지만 책을 발간하진 않을 겁니다. 글을 쓰고 책을 냈지만, 글을 잘 쓰고 필력이 좋아서가 아니라는 점을 잘 알기 때문입니다.

　세상에 할 이야기가 있었습니다.

　이것으로 책을 두 권 출간했는데 습작을 겸한 전작이 '하고 싶은 이야기'를 했다면 이번 책은 '세상에 꼭 해야 할 이야기'를 썼습니다. 건방지다고 할진 모르겠지만 제가 아니면 누구도 하지 못할 것 같다고 생각했습니다.

　대한민국은 대단한 나라입니다. 그 안에 사는 한국인 역시 대단한 민족입니다. 아들 녀석은 제가 '국뽕'의 사고를 가지고 있어서 젊은이들이 싫어할지도 모른다고 하는데, 그래도 어쩔 수 없는 일입니다.

저는 한국인이란 게 정말 자랑스럽습니다. 세계에서 최빈국에 가깝던 나라에서 세계가 부러워하는 경제 대국으로 자리 잡았습니다.

삼성이 일본을 뛰어넘어 세계의 기업으로 성장했고, 방탄소년단이 세계에 한류열풍을 불러일으키고 있습니다. 이름도 들어보지 못했던 나라에서 이제는 세계인이 부러워하는 나라가 되었습니다. 아프리카 어느 소수민족과 인도네시아의 한 종족은 한국어를 국어로 사용한다고 합니다. 그만큼 대한민국이 엄청난 발전과 성장을 했습니다.

저는 살면서 이런 걸 고스란히 몸으로 체험했기에 감히 말씀드릴 수 있는 것입니다.

헬조선이라고 하지 마십시오. 어글리 코리안이 되어서도 안 됩니다. 대한민국 국민이라는 자부심과 긍지를 가지십시오.

우리나라가 이만큼 발전하고 성장했지만, 아직도 선진국이란 칭호를 받지 못하고 있습니다. 우린 그 이유를 알아야 합니다. 그 이유를 알고 개선해야만 합니다. 그랬을 때 우리가 세계에서 일등 가는 나라로 우뚝 설 수 있을 것이라 믿습니다.

선진국은 선진의식이 있어야 가능합니다.

선진의식의 국민이 있어야만 나라가 선진국이 되는 것입니다.

선진국이 갖춰야 하는 조건 중에 관료의 도덕성을 얘기하는데, 형편없는 우리나라 국가 청렴도 지수가 그 이유를 충분히 말해 주고 있습니다. 그래서 정치를 혐오하고 정치인을 욕합니다만, 우리나라 정치 구조상 쉽게 개선될 것 같지는 않습니다.

　이제는 우리 소시민이 깨어야 합니다. 소시민의 의식이 깨어나면 나라의 격을 높일 수 있고, 썩어 빠진 정치를 바꿀 수도 있습니다. 우리의 의식이 올바르게 깨어나면 정치인 스스로도 자정의 노력을 안 할 수 없을 겁니다.

　그 의식 전환의 첫 단추는 '배려'입니다.

　배려가 세상을 바꿉니다.

　입장을 바꿔 생각하며

　상대방을 존중할 줄 아는 것이 배려입니다.

　공중질서를 잘 지키는 것이 배려입니다. 대중목욕탕에서 다른 사람에게 폐를 끼치지 않겠다는 생각도 배려이고, 버스나 지하철에서 남을 의식하고 조금의 자리를 비켜 앉는 것도 배려입니다. 교차로에서 꼬리물기 하지 않겠다는 생각도 배려입니다.

　배려는 어렵지 않습니다. 배려는 손해 보는 일이 아닙니다. 배려는 내가 먼저 하는 일입니다. 실천하면 뿌듯하고 기분 좋은 것이 배려입니다. 나보다 못한 사람을 존중하고, 약한 사람에게 하는 배려는 선행입니다.

　이렇게 배려를 이야기하고 있지만, 글을 쓰고 있는 저 자신도 많이 반성하고 있습니다. 가까이 있는 아내를 배려하지 못했고, 주변 사람을 배려하지 못했습니다. 형제들만 있는 가정에 장남으로 살아오면서 남자라는 의식으로 배려와 양보는 생각하지도 못했습니다.

　하지만 나이가 들어가면서 배려의 아름다움을 조금씩 알아가고 있습니다. 운전을 하면서 배려는 내 생명을 지키는 일이라는 걸 알았습니다. 배려는 나 자신을 기쁘게 한다는 것도 알았습니다.

　그렇게 알아가는 배려의 기쁨을 혼자 알고 있기엔 너무 안타까운 생각이 들었습니다. 그래서 책을 쓰게 됐고 책 제목으로도 정했습니다.

　여러 가지로 미흡하고 졸작이라 사료되지만, 이런 저의 마음만이라도 전달되었으면 좋겠습니다.

가산(駕山) 최재홍(崔載弘) 드림